KB260811

天山刀客
천산도객

오채지 新무협 판타지 소설
FANTASTIC ORIENTAL HEROES

천산도객 5

오채지 新무협 판타지 소설

초판 1쇄 찍은 날 § 2009년 7월 27일
초판 1쇄 펴낸 날 § 2009년 7월 31일

지은이 § 오채지
펴낸이 § 서경석

편집장 § 문혜영
편집책임 § 정서진
편집 § 문정흠

펴낸곳 § 도서출판 청어람
등록번호 § 제1081-1-89호
등록일자 § 1999. 5. 31
어람번호 § 제2-1787호

주소 § 경기도 부천시 원미구 심곡2동 163-2 서경B/D 3F (우) 420-822
전화 § 032-656-4452 팩스 § 032-656-4453
http://www.chungeoram.com
E-mail § eoram99@chollian.net

ⓒ 오채지, 2009

ISBN 978-89-251-1880-2 04810
ISBN 978-89-251-1759-1 (세트)

천산도객
5
오채지 新무협 판타지 소설
FANTASTIC ORIENTAL HEROES
십년지동(十年之動)
청어람

目次

第一章
황하의 혈사

天山刀客

꽝! 꽝! 꽝!

천지를 뒤흔드는 포성과 함께 검은 포탄이 곡선을 그리며 날아왔다.

포탄은 범선의 지척에 이르러 강물을 때렸다.

물줄기가 다섯 장까지 치솟았다.

명중하지는 않았지만 출렁이는 파도의 여파로 범선이 심하게 요동쳤다.

꽝! 꽝! 꽝! 콰앙! 콰앙! 콰앙!

포격이 다시 시작됐고 이번엔 달랐다.

포가 발사될 때의 폭발음과 포탄이 범선이 명중될 때의 꿩

음이 뒤섞여 정신을 차릴 수가 없었다.

수적들답게 강물 위에서의 놈들은 영악했다.

열두 문의 포를 모두 발사하지 않고 그중 세 발을 먼저 쏘아 사거리와 포각을 가늠한 것이다.

그리고 그중 나중에 쏜 몇 개가 범선을 정확히 타격했다.

선수의 일부가 터져 나가며 나뭇조각이 사방으로 튀었다.

공포에 질린 거지 아이들이 날카롭게 울어댔다.

그나마 다행인 것은 놈들이 열두 발의 포탄을 모두 발사하고 재장착하는 동안 잠시 틈이 있다는 것이었다.

채홍만은 포성 같은 노호를 터뜨리며 멸천대의 한복판으로 뛰어들었다.

"갈!"

육 척의 쇠몽둥이, 대초자곤이 허공을 찢고 갑판을 부쉈다.

멸천대의 머리통을 노리고 후려친 것인데 용케도 피하는 바람에 갑판만 터져 나간 것이다.

놈들은 감히 채홍만이 휘두르는 대초자곤의 사정권 안으로 들어오지 못했다.

채홍만이 단순히 힘만 센 거인이 아니라는 걸 알기 때문이었다.

채홍만이 원하는 것은 키가 위치한 상갑판.

키를 장악해야 범선을 돌려 달아날 수 있었다.

하지만 지금 그 키는 도귀가 장악하고 있었다.

도귀는 전속력으로 달려 황하수로맹의 배에 범선을 붙이려는 중이었다.

반면에 채홍만은 황하수로맹과 싸울 이유가 없기 때문에 어떻게든 배를 탈취해 강가로 붙이는 것이 목표였다.

그래야 거지 일가족들을 무사히 구출할 수 있었다.

기선을 제압한 채홍만은 무서운 기세로 상갑판으로 향하는 계단 앞까지 도착했다.

그때 계단 위에서 한 사람이 채홍만을 막아섰다.

"짐승 같은 놈!"

무려 일 장에 이르는 사모창(蛇矛槍)을 든 애꾸눈이었다.

사모창은 돌격용 장창으로, 길이가 보통 창에 비해 두 배나 길다.

창날이 뱀처럼 구불구불하게 생겨 찌르고 빼는 한 번의 동작으로도 적에게 심각한 타격을 줄 수 있는 무서운 병기.

피융!

창날이 채홍만의 가슴을 노리고 무섭게 내리꽂혔다.

파앙!

가까스로 빗나간 창날은 두꺼운 갑판에 구멍을 뻥 뚫어놓고는 순식간에 쑥 빨려 올라갔다.

가공할 속도, 놀라운 파괴력이었다.

그러나 감탄할 사이도 없이 창날은 쉴 새 없이 채홍만을 괴롭혔다.

팟팟팟팟!

은빛 창날이 채홍만의 주변에서 폭죽이 터지듯 터졌다.

찌르고 회수하는 이 단순한 동작이 가공할 속도를 만나니 그 어떤 현란한 초식보다 까다로웠다.

적은 멀리 있는데 창날은 오직 한 점이 되어 쏘아오니 일도양단(一刀兩斷)의 초식도 소용없고, 횡소천군(橫掃千軍)의 초식도 소용없었다.

눈 깜짝할 사이에 나타났다가 사라지는 점을 횡(橫)으로든 종(縱)으로든 떨쳐 낼 수야 없지 않은가.

채홍만은 비로소 놈의 무공이 자신과 천적 관계라는 걸 알아차렸다.

일 장 바깥에서 상대와 자신을 연결하는 최단 거리의 선을 긋고, 그 선을 따라 가장 작은 공간을 확보하고 찌르는 장창술.

그에 반해 놈의 상대인 채홍만은 덩치가 어지간히 큰 사람보다 두 배나 크다.

놈의 입장에선 시야가 과녁으로 꽉 차는 셈.

게다가 놈은 상대적으로 유리한 고지인 위쪽에서 찍어대고 있었다.

파파파파팟!

놈의 무공을 파악하는 그 짧은 사이에도 창날은 무려 이십여 번이나 채홍만의 목숨을 노렸다.

낭패다.

도검이라면 그 어떤 현란한 초식이라도 패력으로 깨뜨릴 수 있었다.

도검의 초식이 아무리 현란해도 종횡의 변칙이라는 틀을 벗어나지 않기 때문이었다.

부앙!

온 정신을 집중해 대초자곤을 휘둘러 보지만 이번에도 창간은 걸려들지 않았다.

"이제야 알겠느냐! 네놈이 왜 짐승인지!"

놈이 채홍만을 조롱하며 창간을 뒤로 한껏 젖혔다.

그렇지 않아도 높은 위치가 더욱 높아졌다.

슈욱!

놈은 뱃머리에 선 작살꾼이 고래라도 잡는 것처럼 사모창을 찍었다.

이 한 수에 끝내려는 듯 작심을 하고 상체까지 기울였다.

채홍만은 가슴을 내밀며 계단을 한 걸음 올라갔다.

무모하기 짝이 없는 행동이었지만 눈동자는 놈의 창끝을 끝까지 놓치지 않았다.

놈을 상대하는 유일한 방법이 정신을 고도로 집중하는 것밖에 없다는 걸 알기 때문이었다.

가슴을 노리는 놈의 창날이 지척에 이르렀을 때, 채홍만은 몸을 슬쩍 비틀었다.

구불구불한 창날이 가슴을 뚫었다가 비트는 동작에 따라 옆으로 터져 나갔다.

생살이 한 뼘 정도 잘려 나가면서 핏물이 확 터졌다.

그때쯤에 오른쪽 아래로 향하고 있던 대초차곤이 사선을 그리며 놈의 머리통을 향했다.

대초자곤의 가장자리를 잡은 팔을 최대한 뻗었다.

처퍽!

아슬아슬하게 걸린 놈의 머리통이 썩은 수박처럼 터져 나갔다.

그것이 놈의 마지막 모습이었다.

순간의 절명은 비명을 지를 틈도 주지 않았다.

창수를 처치한 채홍만은 순식간에 계단을 뛰어올랐고 이번엔 도귀와 마주 섰다.

"노옴, 기어이 여기까지 올라왔구나!"

도귀는 갑판에 놓인 쇠사슬을 주워 키를 틀에 칭칭 감았다.

황화수로맹의 배들을 향해 전속력으로 달리도록 고정을 한 것이다.

그리고는 시퍼런 예광이 번뜩이는 칼을 쑥 뽑아 채홍만과 대치했다.

"처음 봤을 때부터 심상치 않은 놈인 줄은 알았다만, 상대를 잘못 골랐다."

우우우웅—

도귀의 손에 쥔 칼에서 별안간 기음이 토해졌다.

이어 한 덩어리의 기운이 칼끝에 맺혔다.

대초자곤을 쥔 채홍만의 손에 저도 모르게 힘이 들어갔다.

도귀의 명성은 익히 듣고 있었다.

장산벽의 심복이면서 사실상 멸천대의 맏형 노릇을 하고 있는 강자.

객관적으로 볼 때 채홍만은 도귀의 상대가 아니었다.

하지만 자신보다 강한 상대라 하여 물러난다면 무인이라고 할 수 없다.

채홍만은 그렇게 수련을 해오지 않았다.

투캉!

일도양단으로 내려친 도귀의 칼이 대초자곤의 중심을 때렸다.

캉! 캉! 캉!

도귀는 기선을 놓치지 않고 눈 깜짝할 사이에 무려 다섯 번이나 칼을 휘둘렀다.

머리, 어깨, 옆구리…….

보다 더 심오한 투로를 지녔겠지만 채홍만의 눈에는 그저 커다란 칼이 엄습하는 것처럼만 보였다.

'반격할 틈이 없다!'

빈틈을 보지도 못했지만 설사 그런 게 있다 해도 반격을 할 시간이 없었다.

강하고, 빠르고, 정확한 칼질이 채홍만을 연달아 다섯 걸음이나 물러나게 했다.

이처럼 무기력할 줄은 몰랐다.

채홍만은 가슴속 깊은 곳에서부터 꿈틀거리는 무언가를 느꼈다.

그것이 두려움인지 강자를 만난 흥분인지는 알 수 없었다.

다만 온몸의 털이 곤두서는 것처럼 바짝 긴장한 것만은 틀림없었다.

"이제야 상황 파악이 되느냐, 이 괴물 같은 놈아!"

도귀의 칼이 더욱 빠르고 날카롭게 짓쳐들었다.

채홍만은 위험을 무릅쓰고 놈이 다가오길 기다렸다.

'빈틈이 없다면 만들어야 한다!'

언젠가 용악산이 자신에게 해준 말이었다.

없는 빈틈을 만들라는 게 무슨 뜻일까.

상대로부터 실수를 하도록 유혹하라는 말일 수도 있고, 상대의 무공을 깨뜨리라는 말일 수도 있다.

어느 쪽이든 상대의 칼을 끝까지 놓치지 않고 봐야 했다.

그래야 찰나의 순간에 나타났다가 사라지는 빈틈을 볼 수 있을 테니까.

푸악!

도귀의 칼이 채홍만의 허벅지를 갈랐다.

채홍만은 바람처럼 두 걸음을 뒤로 빼는 동시에 대초자곤을 횡으로 휘둘렀다.

이렇게 하면 머리 위에서 내려칠 때보다 타격의 공간이 넓어진다.

동시에 두 걸음을 뺐으니 상대의 칼은 닿지 않고 자신의 대초자곤은 닿는다.

이게 바로 채홍만이 만든 빈틈이었다.

그 안에서 도귀가 제아무리 현란한 도초를 구사한다고 해도 이미 원심력이 최고조에 이른 대초자곤을 막아낼 수는 없으리라.

그런데,

팟!

채홍만의 옆구리가 한 자나 찢어지며 핏물이 흘러나왔다.

어느새 물러나는 만큼의 거리를 좁힌 도귀가 옆구리를 베고는 채홍만의 왼쪽으로 빠져나간 것이다.

그 모습이 꼭 날랜 새 한마리가 고목 사이를 스치며 날아가는 것 같았다.

다행인 것은 두 사람의 보폭이 달라 칼이 깊게 파고들지는 못했다는 점이다.

"곰 같은 녀석이 제법 빠르구나!"

칼을 고쳐 잡은 도귀는 진심으로 감탄했다.

맹금피뢰(猛禽避雷)!

천둥 번개 사이를 날아간다는 이 초식은 자신의 성명절기인 북만도(北彎刀)의 절초였다.

　도귀는 이 일 초를 막아낼 자가 범선 위에 있으리라고는 생각지 못했다.

　호승심이 치민 도귀가 보폭을 넓히고 공력을 끌어올렸다.

　운은 한 번으로 족하다.

　북만도는 그렇게 허술한 도법이 아니었다.

　도귀의 기세가 변하는 걸 느낀 채홍만은 대초자곤을 잡은 손의 위치를 옮겼다.

　어차피 거리로는 놈을 이길 수 없는 상황. 대초자곤의 중심을 잡고 최대한 근접전을 펼칠 작정이었다.

　"노옴, 멸천대에 대적한 결과가 어떤 것인지 보여주겠노라!"

　도귀의 칼이 도기를 뿌렸다.

　까앙!

　채홍만의 대초자곤이 허공에 가득한 도기를 떨쳐 냈다.

　그러나 역시 빠르기가 문제였다.

　팟!

　이번엔 왼쪽 어깨의 살점이 터져 나가며 피가 튀었다.

　도대체 몇 군데에 상처를 입었는지 모르겠다.

　온몸이 너덜너덜해진 것 같았다.

　그나마 다행인 것은 보통 사람은 상상도 못할 만큼의 근육이 뼈와 장기를 보호하고 있다는 것.

그래도 사람인 이상 언제까지고 버틸 수는 없는 노릇이었다.

도귀는 공격을 멈추지 않고 더욱 겁박해 왔다.

아래에서는 현란한 보법이, 위에서는 눈부신 도기가 금방이라도 채홍만을 걸레처럼 찢어놓을 것 같았다.

그 순간 한줄기 매서운 바람이 도귀를 스쳤다.

"헛!"

도귀는 자신도 모르게 단말마를 토해내며 재빨리 칼을 회수했다.

그리고 곧 바람의 중심을 향해 칼을 찔러 넣었다.

까라라라라랑!

찰나의 순간에 검과 도가 수십 번을 부딪치며 불꽃을 토해냈다.

불꽃 하나에 격돌이 한 번.

도귀는 그때마다 육중한 쇠몽둥이를 때리는 느낌을 받았다.

도저히 어떻게 해볼 수 없을 정도의 무게감.

바람은 지금 도귀의 맞은편에 서서 중검을 꼬나 쥐고 있었다.

그는 표자룡이었다.

"홍만, 이자는 내가 맡겠다."

"아직 승부를 내지 않았습니다."

"지금은 그럴 상황이 아니다!"

표자룡이 차가운 목소리로 채홍만을 꾸짖었다.

역시나 배를 탈취해 인질들을 구하는 게 급선무였다.

채홍만은 잠시 도귀를 노려보고는 재빨리 키를 향해 달려갔다.

"쾌검을 익혔나?"

도귀가 다시 표자룡을 보며 말했다.

"아마도."

"검을 잘못 선택했군. 중검은 쾌검에 맞지 않아."

"두고 보면 알겠지."

말이 끝나기가 무섭게 표자룡의 신형이 사라졌다.

*　　　*　　　*

"이제 그만 끝내는 것이 어떤가?"

용악산이 장산벽에게 말했다.

"일단 저걸 해결하고 나서 마저 이야기하는 게 어떨까?"

장산벽이 칼을 들어 수적들의 범선을 가리켰다.

천마군림도가 가리키는 방향에는 열두 개의 포신이 범선을 향하고 있었다.

일차 포격을 가한 후에 포문 속으로 사라졌던 포가 다시 튀어나온 것이다.

애초 예상했던 것보다 훨씬 빠른 장착.

마침 채홍만이 키를 장악하고 범선의 방향을 막 틀려는 중이었다.

포를 장착한 놈들의 배와는 겨우 오십여 장.

때마침 육풍이 가장 강하게 부는 때라 범선의 속도가 최고조에 이르렀다.

범선을 강가에 대기에는 너무 늦은 상황.

그렇다고 황하수로맹의 수적들이 범선에 타고 있는 인질들을 고려해 줄 리도 없었다.

문제는 그뿐만이 아니었다.

적 범선과의 거리는 오십여 장이었지만 그사이에 이십 여 척의 배들이 더 있었다.

이쪽 범선을 향해 무섭게 질주하는 돌격선들이었다.

일단 포격으로 정신을 차릴 수 없게 만든 다음 새까맣게 달라붙어 갑판으로 기어오를 참인 듯했다.

그때부턴 백병전이다.

역시, 그들이 용악산 일행과 멸천대를 구분할 리 없었다.

"드넓은 강물 위야. 뭐가 두렵지?"

장산벽이 말했다.

"일단, 당면한 문제를 해결한다."

용악산이 말을 했고 동시에 두 개의 그림자가 허공을 향해 솟구쳤다.

두 개의 인영이 난데없이 자신들의 머리 위에서 포물선을 그리는 모습에 돌격선에 탄 수적들은 경악했다.

사람이 날개 달린 새가 아닐진데 어떻게 비상을 할 수 있겠는가.

그런데 그 일이 지금 눈앞에서 벌어지고 있으니 믿지 않을 수도 없었다.

"내가 범선을 맡지!"

장산벽이 외쳤다.

이런 상황에서 누가 범선을 맡을 것인가를 두고 싸우는 것은 의미가 없다.

장산벽이 가장 가까이에 있는 돌격선의 뱃머리에 앉았다가 그 탄력으로 다시 떠오르는 순간 용악산은 오히려 그 배 위로 떨어져 내렸다.

동시에 천근추를 펼쳤다.

우지끈! 터엉!

엄청난 무게를 견디지 못한 돌격선의 용골이 떨어져 나갔다.

측면이 좌우로 갈라지며 바닥이 입을 벌리자 배는 순식간에 침몰했다.

타고 있던 수적들이 혼비백산하여 강물 속으로 뛰어들었다.

용악산은 돌격선과 돌격선 사이를 뛰어다니며 눈 깜짝할 사이에 다섯 척의 배를 똑같은 방식으로 수장시켜 버렸다.

칼을 들고 맞서오는 자들이 있었지만 용악산은 그들에게

칼을 부딪칠 기회조차 주지 않았다.

일개 수적들이 상대하기에 용악산은 너무나 거대한 존재
였다.

그 무렵, 돌격선을 징검다리 삼아 달려가던 장산벽은 어느
새 범선의 바로 앞에서 또 한 번 허공으로 높이 비상했다.

그리고 다시 그의 신형이 떨어져 내리는 순간,

"갈!"

대갈일성과 함께 그의 머리 위에서 푸른 번갯불이 번쩍였
다.

천마군림도에서 뻗어나간 강기가 적 범선의 허리를 정확
히 둘로 가른 것이다.

쩌컹!

웅장한 울림과 함께 범선이 거짓말처럼 두 동강 났다.

장산벽의 무공이 천마군림도를 통해 발현되는 순간이었
다.

그때 다시 포탄이 작렬했다.

꽝꽝꽝꽝꽝!

열두 개의 포신이 일제히 토해내는 굉음은 천지를 진동시
켰다.

그리고 또 굉음이 이어졌다.

콰앙! 콰앙! 퍼엉! 퍼엉!

하지만 이미 두 동강 난 배에서 발사되는 포탄은 정확성을

잃었다.

포신을 벗어난 포탄이 적아를 구분 못하고 배와 강물을 때렸다.

* * *

"이 자식아, 내 뒤를 맡아줘야지!"

"엠병할, 내 앞가림도 급한데 싸우면서까지 공 사형 뒤치다꺼리를 하란 말이요?"

"누가 뒤치다꺼리를 하래? 인질들이 위험하니까 그렇지."

"흥, 자기 목숨 아까워서 그런 줄 누가 모를 줄 알고!"

공춘보와 하풍달은 멸천대를 상대로 고전을 면치 못했다.

애초 용악산이 있을 때만 해도 일당백의 무위로 우세를 점했지만 무슨 일인지 용악산이 황하수로맹의 돌격선을 향해 뛰어든 이후로 상황이 바뀌었다.

가까스로 인질들을 배의 후미로 빼돌려 놓고 저지선을 펼쳤지만 중과부적이었다.

금방이라도 저놈들의 칼에 찔릴 것 같은 아슬아슬한 상황이 계속 이어졌다.

지금까지 버티고 있는 것만 해도 신기한 상황.

"제기랄, 자룡이 이 자식은 도대체 어디에 있는 거야!"

"보면 모르오. 도귀인지 뭔지 하는 작자와 싸우고 있지 않소!"

두 사람의 눈에 저만치 상갑판에서 도귀와 싸우고 있는 표자룡이 얼핏 보였다.

워낙에 혼전 중이라 정신을 집중할 수는 없었지만 분명 표자룡은 훌륭하게 싸우고 있었다.

듣기로 도귀는 멸천대 중에서도 상당한 고수라고 했는데 거의 백중세를 유지하고 있었다.

상황이 저러니 표자룡에게 도움을 구하는 것도 어려웠다.

바로 그 순간,

콰앙!

굉음과 함께 범선이 통째로 흔들리더니 멸천대 놈들과 공춘보가 있는 사이의 갑판이 쑥 꺼졌다.

수적들이 쏜 포탄이 하필이면 그사이에 떨어진 것이다.

금방이라도 칼을 난자할 것처럼 덤벼들던 멸천대 놈들이 뒤로 후다닥 물러났다.

덕분에 놈들과 두 사람의 거리가 삼 장 이상으로 벌어졌다.

"……!"

"……!"

공춘보와 하풍달이 황당한 얼굴로 서로를 쳐다보았다.

이렇게 운이 좋을 데가 있나.

그렇다면,

"야이, 씹다 만 닭똥집처럼 생긴 놈들아! 그것도 칼질이냐."

"에라, 이 썩은 감자 같은 놈들아. 덤벼라, 덤벼!"

놈들이 다가올 수 없다고 판단한 공춘보와 하풍달이 마음 놓고 욕을 했다.

십여 명 정도 되는 멸천대의 얼굴이 잔뜩 일그러지며 입술이 파르르 떨렸다.

놈들이 기분 나빠하는 걸 본 공춘보와 하풍달은 더욱 기고만장했다.

여유가 좀 생기니 이번엔 슬슬 약을 올렸다.

"깜도 안 되는 놈들이 까불고 있어. 확 배를 째서 곱창을 구워버릴까 보다. 쌍!"

"저런 놈들 곱창은 질겨서 못써요. 쇠꼬챙이 통째로 끼워서 모닥불에 뱅글뱅글 돌리다가 개밥으로나 던져 줘야지."

"큭큭큭, 개는 뭐 아무거나 먹는 줄 아냐."

"큭큭큭, 그래도 고기잖소."

바짝 약이 오른 멸천대 놈들을 보니 삼 년 전에 얹힌 오징어가 내려가는 것처럼 시원했다.

그런데,

멸천대 놈들 중 두 명의 상체가 바닥으로 쑥 꺼지는가 싶더니,

팡! 팡!

두 명이 뻥 뚫린 갑판을 지나 순식간에 날아왔다.

“으헥!”

“뜨아!”

공춘보는 본능적으로 칼을 휘둘렀다.

하풍달은 조금 더 침착했다.

번쩍이는 빛과 함께 소매 속에 감추어져 있던 탈수표(脫手鏢) 두 자루를 놈들을 향해 날렸다.

하지만 놈들은 체공 상태에서 가볍게 칼을 휘둘러 탈수표를 쳐냈다.

따앙! 따앙!

그때쯤엔 두 사람의 신형이 무너져 내린 갑판을 지나 이쪽으로 내려서는 중이었다.

하지만 탈수표를 쳐내는 동작으로 인해 갑판에 내려선 이후의 박자를 놓쳤다.

그들의 칼이 왼쪽으로 젖혀지는 사이를 틈타 공춘보와 하풍달이 칼을 휘둘렀다.

수캉!

수캉!

“커헉!”

“컥!”

두 사람은 바닥에 내려서자마자 한칼씩을 맞고 뒤로 물러났다.

그리고 곧 무너져 내린 갑판의 아래로 곤두박질쳤다.

“휴우, 큰일 날 뻔했네.”

“그러게 좀 작작 하지.”

“마, 너는 안 놀렸냐. 그리고 저놈들이 안 놀린다고 사정을 봐줄 것 같냐.”

“그건 그렇지.”

하지만 상황은 더욱 어렵게 됐다.

동료가 당하는 걸 본 멸천대 놈들이 갑자기 눈동자에 귀기가 서리는가 싶더니 점점 가까이 다가왔기 때문이다.

한두 놈이면 모를까, 저것들이 전부 한꺼번에 도약을 한다면?

“푸, 풍달아…….”

“왜 자꾸 부르는 거요. 정신 사납게스리.”

“내, 내가 너 좋아한다는 말 했냐?”

“남우세스럽게 무슨…….”

“어쨌든, 내가 너 참 좋아한다는 것만 알아둬라.”

공춘보는 갑자기 말을 하다 말고 하풍달을 앞으로 확 밀쳤다.

“닝기리, 지금 뭐 하자는 거욧!”

“내가 인질들을 구할 테니 네가 저놈들을 맡아라!”

말과 함께 공춘보는 뒤쪽에서 발발 떨고 있던 거지들에게 따라오라는 말을 한 후 강물 속으로 몸을 던졌다.

하지만 겁에 질린 거지들은 공춘보의 뒤를 따르지 않았다.

칼을 든 흉악한 무리들에게 잡히는 것도 무섭지만 넘실대는 강물은 더욱 무서웠다.

그리고 찰나의 사이로 거지들은 뛰어들지 않기를 잘했다고 생각했다.

범선의 난간으로 쇠갈고리 수십 개가 붙더니 곧 수적들이 새까맣게 올라왔기 때문이다.

덕분에 멸천대는 수적들을 상대하기 위해 썰물처럼 빠져나갔다.

공춘보만 괜한 헛짓거리를 한 셈이었다.

"푸, 풍달아! 물살이 너무 세. 밧줄 좀 내려줘!"

"나를 지옥으로 밀어 넣을 때는 언제고 이제 와서 구해달라는 거욧!"

"새꺄, 지금은 장난칠 때가 아냐. 진짜 빠져 죽겠다고."

"홍, 나를 멸천대 놈들한테 던져 준 건 장난이었고?"

第二章
칼의 진정한 주인은 누구인가?

天山刀客

용악산은 장산벽과 마주하고 섰다.

적 범선이 침몰한 후 돌격선에 옮겨 타는 순간 만난 것이
다.

돌격선에는 수적들이 가득했지만 신경도 쓰지 않았다.

수적들 역시 두 사람의 무공을 이미 견식한 터라 감히 덤벼
들지도 못하고, 그렇다고 배를 버리고 달아나지도 못하는 어
정쩡한 상황이 되어버렸다.

몇몇 간담이 조금 있는 수적들이 칼을 들고 슬그머니 자세
를 잡았지만 이내 돌격선의 우두머리가 눈짓을 했다.

'멍청한 놈들, 비켜라!'

수하들이 눈치를 살피며 슬금슬금 물러났다.

우두머리는 눈치가 빨랐다.

저 무서운 두 괴물이 이곳에서 싸움을 하려고 한다는 걸 알아차린 것이다.

그렇다면 둘을 한꺼번에 상대하느니 둘 중 하나가 쓰러지고 난 후에 공격을 해도 늦지 않았다.

하나는 죽고 하나는 부상을 입는다면 가장 좋은 상황이라 하겠다.

그래서 일단은 지켜볼 작정이었다.

"이제 우리 일을 매듭짓지."

용악산이 말했다.

"휴우, 이제 더 미룰 핑계도 없군."

쩌저정!

장산벽이 천마군림도를 치켜드는 순간, 공기가 찢어지며 괴이한 소리가 났다.

수적들의 가슴이 철렁하는 순간 두 괴물의 싸움이 시작됐다.

꾸르르릉! 꽝꽝!

뇌성이 난무하고 번갯불이 대기를 볶아댔다.

섬뜩한 검기가 한 점에서 한 점으로 이어지며 허공을 갈랐다.

간을 졸이며 구경하던 수적들이 혼비백산했다.

게처럼 갑판에 납작 엎드려 불똥이 자신들에게 튀지 않기만을 바랄 뿐이었다.

꽈앙!

쇠북을 치는 듯 웅장한 소리가 울려 퍼졌다.

두 사람의 공력이 충돌하자 주변의 공간 전체가 파도처럼 출렁였다.

뱃머리로 피해 있던 수적들은 내장이 진탕되는 충격과 함께 갑작스런 뱃멀미를 느꼈다.

수적이 뱃멀미를 한다?

말도 안 되는 상황이다.

하지만 그 말도 안 되는 상황이 지금 벌어지고 있었다.

애초 상황을 보고 판단하자던 우두머리는 자신의 생각이 얼마나 잘못되었는지를 뒤늦게 깨달았다.

"배를 버린다!"

그를 시작으로 수적들이 앞 다투어 강물 속으로 뛰어들었다.

그 순간 용악산과 장산벽의 칼이 허공에서 또 한 번 격돌했다.

꽈앙!

두 번째의 격돌에서는 변화가 있었다.

용악산의 칼이 천마군림도의 견고함을 이기지 못하고 부러진 것이다.

갑판으로 내려선 용악산의 손에는 토막 난 대도가 들려 있었다.

딱히 보도랄 것은 아니지만 오랜 세월 자신과 함께해 온 칼이었다.

역시 천마군림도에는 당할 수 없는 것인가.

사람들이 말하기를, 고수가 되는 방법엔 두 가지가 있다고 한다.

첫 번째는 절학을 익히는 것이요, 두 번째는 보도를 얻는 것이다.

만약 절학을 익힌 자가 보도까지 얻는다면?

그야말로 상대하기가 가장 까다로운 고수가 될 것이다.

지금 장산벽의 경우가 그랬다.

"과연 대단하지 않아?"

장산벽이 자신의 손에 쥔 천마군림도를 보며 말했다.

그는 한 뼘도 채 안 될 것 같은 공간의 뱃머리에 서서 옷자락을 나부끼고 있었다.

그 모습에서 흡사 세상을 관조하는 듯한 절대자의 풍모가 느껴졌다.

천마군림도가 그를 그렇게 만든 것이다.

"너는 그 칼의 주인 될 자격이 없다."

"사람들은 왕후장상의 씨가 따로 있지 않다고들 하지. 하지만 난 그렇게 생각하지 않아. 대저 군림하는 자는 반드시 운명을 타고나지. 그래서 그런지 난 이 칼이 손에 맞는걸.”

“누구도 다른 사람 위에 군림할 자격은 없다.”

“피지배층에겐 그걸 선택할 힘이 없어, 애석하게도.”

“민중의 무서움을 모르는군. 그래서 넌 더욱더 그 칼을 가질 자격이 없다.”

“처음부터 알고 있었지? 내가 이 칼을 원한다는 것 말이야.”

“물론.”

“그렇다면 너도 이 칼을 원하나, 아니면 나를 원하나?”

“너와 그 칼 모두!”

파앙!

용악산의 신형이 사라졌다.

동시에 뱃머리의 장산벽도 형체를 감췄다.

두 사람이 다시 모습을 드러낸 것은 갑판의 한복판이었다.

그것은 형체를 가진 신형이라기보다 섬광에 가까운 기운의 결정체였고, 곧 폭발음을 내며 부딪쳤다.

퍼엉!

강력한 격돌의 후유증으로 이번에도 공간이 통째로 흔들렸다.

대체 공간이 흔들린다는 것은 어떤 것일까.

말로만 들어서는 누구도 그 광경을 머릿속에 떠올릴 수 없으리라.

투명한 호수 위에 바위가 던져진 것처럼 허공이 일렁이며 강력한 기파가 퍼져 나가는 광경을 어떻게 몇 마디 말로써 설명할 수 있겠는가.

격돌은 계속해서 이어졌다.

사람들의 눈에 보이는 것이라곤 오직 두 개의 붉고 푸른 번갯불이 부딪치는 것뿐이었다.

용악산은 장산벽의 무공이 생각보다 심오한 것에 적잖이 놀랐다.

'십종가의 무학을 모두 대성했어!'

그의 모습에서 일대 종사의 풍모를 본 것이 우연이 아니었다.

위엄으로나 무공으로나 그는 저 높은 경지에 닿아 있었다.

그러면 그럴수록 용악산의 생각은 확고해졌다.

위험한 자, 살려두어선 안 될 자.

이미 칼이 무용지물이 된 용악산이 두 주먹을 말아 쥐었다.

그때쯤엔 장산벽의 천마군림도가 용악산의 정수리를 서늘하게 가르고 있었다.

칼날에 어리는 벽옥빛 강기가 태산이라도 쪼갤 듯 엄습해 왔다.

사람들의 눈에 푸른 번개로 보이는 섬광의 정체였다.

주먹은 멀고 칼은 가까웠다.

이대로는 용악산의 권경이 장산벽을 격타하기도 전에 머리가 두 동강 날 판.

용악산의 두 주먹에서 용암처럼 붉은빛을 토해내는 권강(拳罡)이 쏟아져 나갔다.

푸아아앙!

굉음과 함께 적룡 두 마리가 장산벽을 관통했다.

"후욱!"

장산벽의 입에서 절대 나오지 않을 것 같은 단말마가 튀어나왔다.

주르륵 미끄러져 가는 장산벽의 발밑에서 갑판이 부서져 나갔다.

뱃머리에 못처럼 처박힌 장산벽의 입에서는 선혈이 흘러내렸다.

용악산도 무사하지는 못했다.

문득 뜨거운 액체가 느껴져 머리를 만져 보니 정수리에서 이마를 따라 피가 흘러내리고 있었다.

장산벽이 튕겨 나가는 순간에 내려친 강기가 이마를 아슬아슬하게 훑고 지나간 것이다.

그야말로 번개가 번쩍일 정도의 짧은 시간 차.

용악산은 쓰려져 있는 장산벽을 향해 다가갔다.

비록 입에서 붉은 피를 토하고 있었지만 눈빛만은 살아서

서늘했다.

장산벽이 말했다.

"후훗, 과연 대종사의 후인이군."

"이제 알겠나, 왜 네가 군림천하할 수 없는지."

"하늘의 운명을 일개 인간이 바꿀 수 있다고 생각해?"

"아직도 네가 운명의 주인이라고 생각하는 건가?"

"물론."

"도대체 그 무모한 자신감은 어디서 나오는 거지?"

"그건 말로 할 수 없는 거야. 그냥 느끼는 거지."

"이해할 수가 없군."

"제왕의 운명을 타고난 자를 범인의 폭으로 이해해선 곤란하지."

"네가 말하는 그 운명의 행보를 지금 내 손으로 끊어버릴 수도 있다는 걸 알아?"

"후훗, 넌 나를 죽일 수 없어."

"……?"

용악산이 눈썹을 치켜떴다.

장산벽의 말이 끝나기가 무섭게 세 개의 그림자가 돌격선 위로 날아들었다.

쇠사슬을 몸에 감은 꼽추와 개산대부를 든 난쟁이, 그리고 흉악한 대도를 든 곤륜노.

황하삼살이었다.

“멈춰라!”

꼽추가 말했다.

“당신들이 나설 자리가 아니오.”

철거덩!

용악산의 말이 끝나기가 무섭게 황하삼살이 각자의 병장기를 꼬나 쥐고 용악산을 에워쌌다.

“놈은 양보하지. 하지만 놈이 지니고 있는 물건은 우리가 가져가야겠다.”

애초부터 저들이 황하신룡의 복수 때문에 온 게 아니라는 건 알고 있었다.

하지만 이처럼 노골적으로 보도를 탐낼 줄이야.

“저 물건이 어떤 물건인지 알고 있소?”

“물론.”

“그걸 어떻게 알았지?”

“범선에 인질들이 타고 있는 걸 안다. 이쯤에서 물건을 양보하면 더는 범선을 공격하지 않겠다.”

꼽추가 말한 범선 위에서는 이미 백병전이 중단된 상태였다.

수적들 백여 명이 승선한 상태에서 멸천대와 용악산의 사제들이 각각 대치하고 있었다.

수적들은 선수를 장악했고, 멸천대는 갑판의 중앙을 장악했다.

그 와중에 채홍만은 조타석을 장악했는데, 그건 이제 소용없는 일이 되어버렸다.

수적들이 쏜 포탄 중 하나가 키에 정통으로 명중한 것이다.

이는 수적들이 수전을 벌일 때 흔히 쓰는 수법이었는데 그만 한발 늦고 말았다.

표자룡은 도귀와 백중지세를 이루다가 점점 밀렸고, 그러다 결정적인 순간에 채홍만이 가세하며 겨우 구명을 할 수 있었다.

그 무렵, 용악산이 장산벽을 쓰러뜨리는 바람에 역시 싸움을 멈추었다.

적의 적은 아군이라는 말도 있는데 지금의 경우는 모두가 적이었다.

그들이 이렇게 대치를 하게 된 이유는 용악산과 장산벽과 황하삼살이 한자리에 모인 탓이었다.

이들의 결과에 따라 범선 위에 있는 사람들의 운명도 결정될 것이다.

용악산의 시선이 다시 황하삼살에게로 향했다.

황하수로맹이 천마군림도에 대해 알고 있는 것은 뜻밖이었다.

하지만 짐작이 갔다.

군사부주가 저들을 끌어들이기 위해 미끼를 던져 준 것

이다.

"당신들의 물건이 아닐 텐데?"

"보도는 원래 강한 사람이 임자가 아니던가?"

용악산과 꼽추 모두 양보할 뜻을 비치지 않자 장산벽이 소리 내어 웃었다.

"쿡쿡쿡, 처음 물건을 달라고 범선을 찾아왔을 때 실은 목구멍까지 올라온 말이 있었지."

황하삼살을 향해 한 말이었다.

세 사람이 눈썹을 꿈틀거리며 장산벽을 보았다.

"이젠 별 잡것들이 설치는군… 하고 말이야."

"이런 건방진!"

꼽추가 이를 빠드득 갈았다.

당장에라도 장산벽을 죽일 기세였다.

용악산이 그들을 향해 말했다.

"조용히 물러가라고 하면 쓸데없는 말이 될 테지?"

"그건 외려 내가 해주고 싶은 말이다!"

촤라라락!

꼽추의 허리춤에 감겨져 있던 쇠사슬이 뭉텅이로 던져졌다.

어깨에 이르러서는 먹이를 공격하는 뱀처럼 직선으로 뻗어나갔다.

그보다 앞서 난쟁이가 신형을 날렸다.

허공에서 떨어지는 그의 양손엔 개산대부가 들려 있었다.

좌측에서는 곤륜노가 대도를 찔러왔다.

세 명의 공격이 마치 한 사람의 공격처럼 빠르고 민첩했다.

용악산은 먼저 왼손가락을 튕겨 쇠사슬을 떨쳐 내는 한편, 꼽추의 안쪽으로 파고들었다.

공력을 잔뜩 담은 팔꿈치, 즉 곡정(曲釘)이 놈의 복부를 강타했다.

"훅!"

동시에 허공에서 절구공이처럼 뚝 떨어지는 난쟁이의 가슴을 향해 일 장을 뻗었다.

그와의 거리는 팔 하나의 거리가 있었지만 허공을 통해 터져 나간 경력이 정확히 놈의 심장을 때렸다.

퍽! 소리와 함께 떨어지던 난쟁이가 다시 허공으로 튕겨 나갔고, 곤륜노의 대도는 빈 공간을 갈랐다.

곤륜노의 칼이 힘의 정점에 이르렀을 때, 용악산의 수도가 놈의 등을 후려쳤다.

퍼억!

둔탁한 소리와 함께 곤륜노는 갑판으로 나뒹굴었다.

꼽추가 쇠사슬을 뿌리고, 난쟁이가 개산대부를 내려치고, 곤륜노가 대도를 휘두르는 순간에 벌어진 일이었다.

하지만 곧 놀라운 일이 이어졌다.

황하삼살은 휘청하며 몇 발자국을 물러나거나 바닥을 굴

렀을 뿐, 여전히 꼿꼿하게 서 있었다.

다만 상당한 내력이 실린 내가중수법에 현기증이 느껴지는지 한차례 고개를 세차게 흔들었을 뿐이다.

이런 괴물들이 있나.

한 가지 눈에 띄는 건 용악산의 권장에 맞은 부위가 벌겋게 달아올랐다는 점이다.

용악산은 저들이 금종조(金鐘躁)나 철포삼(鐵袍衫) 같은 외가기공을 익혔음을 눈치챘다.

조금 전 저들을 격타할 때 되돌아오던 경력에도 생각이 미쳤다.

마치 벌겋게 달아오른 무쇠덩어리를 맨손으로 때리는 것 같은 열기와 반탄강기.

그 순간 용악산의 머릿속에 떠오르는 것이 있었다.

열양신공(熱陽神功)!

정파 소림에 금강불괴가 있고 마도에 빙백신공이 있다면, 흑도에 열양신공이 있다.

빙백신공이 빠른 시간에 내상을 회복하는 불사의 마공이라면 금강불괴와 열양신공은 상처 자체를 입지 않게 하는 반탄기공의 일종이다.

어쨌거나 불사의 몸을 추구한다는 점에서는 같다.

일개 수적들인 줄 알았더니 흑도의 신공을 익혔을 줄이야.

용악산은 황하수로맹주가 황하삼살을 보낸 이유를 짐작할

것 같았다.

"이제야 알겠느냐, 왜 저 칼의 임자가 우리인지를. 쿡쿡쿡."

꼽추가 용악산을 향해 기분 나쁘게 웃었다.

그리고 곧 난쟁이와 곤륜노에게 눈짓을 했다.

그 눈짓을 받은 세 사람이 또다시 용악산을 향해 신형을 날렸다.

이번에는 좀 달랐다.

정직한 공격 일변도에서 벗어나 서로 자리를 바꿔가며 현란한 변초와 합격진을 구사했다.

그 기세가 제법 사나웠다.

맨손이었던 용악산은 갑자기 발바닥으로 갑판을 탁, 쳤다.

그러자 장산벽이 쓰러지면서 놓치는 바람에 저만치 떨어져 있던 천마군림도가 통, 튀어 올랐다.

동시에 용악산이 손을 뻗었고 천마군림도는 강한 자석처럼 빨려들어 왔다.

턱!

천마군림도가 손에 잡히는 순간 용악산은 등줄기를 관통하고 가는 전율을 느꼈다.

용악산은 도객이다.

도객의 손에 칼이 쥐어졌으니 물고기가 물을 만난 격.

꾸르르릉! 꽝! 꽝!

천마군림도가 천둥 번개를 토해내며 대기를 찢어발겼다.

단 일 초식에 꼽추의 쇠사슬이, 난쟁이의 개산대부가, 곤륜노의 대도가 잘려 나갔다.

두부를 도끼로 내려친 것처럼 깨끗이, 그리고 확실하게.

황하삼살의 얼굴이 딱딱하게 얼어붙었다.

단순히 병장기만 잘려 나간 게 아니었다.

천마군림도가 허공을 가를 때, 그들은 정체를 알 수 없는 굉음을 들었다.

태고의 짐승이 천둥 벼락이 내려치는 하늘을 향해 울부짖는 듯한 굉음.

그건 온몸의 조직 하나하나가 얼어붙는 극한의 공포였다.

이미 싸울 의지를 잃어버린 황하삼살은 실성한 사람처럼 자신들의 병장기와 용악산의 손에 들린 천마군림도를 번갈아 볼 뿐이었다.

자신들의 방금 보았던 그 미지의 힘이 어디서 오는지, 정체가 무엇인지도 모르는 채.

"쿡쿡쿡, 거 봐. 잡것들이 감당할 수 있는 물건이 아니라니까."

장산벽의 조소가 이어졌다.

용악산은 자신의 손에 들린 천마군림도를 살폈다.

대종사가 평생을 가까이했던 보도.

대종사의 상징과도 같은 천마신교의 성물.

누구보다 놀란 사람은 용악산 자신이었다.

천마군림도를 쥐고 황하삼살을 향해 휘두를 때, 몸속 어디에선가 꿈틀거리는 미지의 기운을 느꼈기 때문이다.

본능적으로 든 생각은 자신은 그 힘을 통제할 수 없다는 것이었다.

어떤 힘이 숨어 있는지 모르지만 그것은 분명 자신의 내력과 공명하고 있었다.

용악산은 천마군림도를 들고 난간으로 걸어갔다.

"너, 너 설마!"

무언가를 짐작한 꼽추가 비명에 가까운 소리를 질렀다.

꼽추뿐만이 아니다.

난쟁이와 곤륜노의 얼굴도 누렇게 떴다.

여간해선 놀라지 않던 장산벽조차 돌연 표정을 굳혔다.

"지금… 뭐 하자는 거지?"

"네 말이 맞아. 감당할 수 없는 물건이라면 차라리 주인이 없는 편이 낫지."

"그건 천년무림사에 다시는 나타나지 않을 보도란 말이야!"

장산벽이 버럭 소리를 질렀지만 용악산은 세차게 흘러가는 강심을 향해 천마군림도를 힘껏 던졌다.

바다를 방불케 하는 황하의 파도가 희대의 보도를 순식간에 삼켜 버렸다.

　　　　＊　　　　＊　　　　＊

　한낮에 황하의 한복판에서 벌어진 싸움이 끝날 무렵, 수십 척의 비조선이 모습을 드러냈다.

　여태 구경만 하고 있던 무림맹의 타격대들이 나타난 것이다.

　황하삼살은 참혹한 표정으로 수하들과 함께 남은 배를 타고 사라졌다.

　수적들이 빠져나가는 것과 동시에 무림맹의 비조선이 범선을 에워쌌다.

　순식간에 백여 명의 무림맹 타격대가 범선 위로 올라와 멸천대를 포위했다

　장산벽이 중상을 입은 상태인지라 멸천대는 순순히 항복했다.

　바다를 불과 한나절 정도의 거리만을 앞둔 시점에서 거사가 수포로 돌아간 것이다.

　많은 사연과 이야기를 담고 있는 범선은 난파 직전이었지만 인질들의 생명은 무사했다.

　그때쯤 용악산은 범선으로 옮겨 탄 상태였다.

　"칼은 어디 있는가?"

　뒤늦게 나타난 장년인이 물었다.

그는 청벽자 제갈청이었다.

처음 범선으로 올라와 장산벽과 독대를 하고 갔던 지자(智者).

하지만 장산벽의 계략을 눈치채지 못하고 오히려 거사를 도와준 꼴이 되어버린 사내.

이쯤 되면 지자로서 얼굴을 들지 못할 터인데 아마도 현재 무림맹을 장악하고 있는 사람들은 그에게 한 번 더 기회를 주기로 한 모양이었다.

아마도 제갈세가라는 뒷배 때문일 것이다.

"잃어버렸소."

"잃어버린 게 아니라 버린 거겠지."

청벽자는 용악산을 뚫어지게 쳐다보았다.

그는 처음부터 모든 광경을 지켜보고 있었던 것이다.

알면서도 이렇게 묻는 것은 용악산을 추궁하겠다는 뜻이다.

"왜 그랬지?"

"현 시대에 그 물건을 감당할 수 있는 사람은 없소."

"무림맹이라 해도?"

"바로 당신들 무림맹이 신속히 대처를 하지 못하는 바람에 일이 이렇게까지 된 것 아니던가?"

청벽자의 눈썹이 꿈틀했다.

일이 이렇게 된 데는 현장을 지휘하고 작전을 짰던 그의 책임이 누구보다 컸다.

청벽자의 얼굴이 일그러지는 사이 또 다른 초로의 노인이 다가왔다.

형천대주 강금평이었다.

"없네. 비조선 스무 척이 일대의 강바닥을 샅샅이 그물질을 했지만 찾을 수 없어."

"백 근의 쇳덩이가 강물에 떠내려가기라도 했단 말입니까?"

용악산에게 수모를 당한 탓인지, 청벽자의 목소리가 조금 높았다.

강금평은 청벽자에 비해 세수가 훨씬 많다.

강호의 대선배을 향한 말투치고는 상당히 불손했다.

노강호 강금평의 얼굴이 순식간에 일그러졌다.

청벽자는 뒤늦게 자신의 실언을 깨달았다.

"죄송합니다. 후학이 그만 흥분하여."

강금평은 수염이 부르르 떨렸다.

청벽자가 비록 장산벽과의 수 싸움에서 졌다지만 이름난 지자다.

그런 자가 이런 어이없는 실수를 했을 리 없다.

이는 분명 무림맹에서 벌어지고 있는 일련의 사건들과 무관하지 않았다.

새 물이 유입되면서 등장한 청벽자는 이런 식으로 자신의 입지를 굳히고 있는 것이었다.

제갈세가라는 뒷배가 없다면 청벽자 따위가 자신에게 이런 도발을 할 리 없지 않은가.

무림맹 양대 타격대 중 한 곳의 수장인 자신에게.

강금평은 용악산을 의식한 듯 노기를 누그러뜨리며 말했다.

"청벽자, 외인이 보고 있으니 내 자네에게 한마디만 하지."

"하명하시지요."

"권불십년(權不十年)이요, 화무십일홍(花無十日紅)이라고 했네. 이것을 기억하고 살면 언행에 조금은 조심을 하게 될 걸세."

"대주님을 질책하려던 말은 아니었습니다. 노여움을 푸시지요. 그리고 기왕 말이 나온 김에 저도 한 말씀 드리자면……."

"……?"

"이번 거사의 실패가 꼭 제 책임만은 아닐 것입니다."

강금평의 눈썹이 다시 꺾였다.

"그것을 탓하고 싶었던 게로군. 좋아, 백전노장으로서 나의 실수를 인정하지. 하지만 엄격히 말해서 이건 자네와 나의 실패일세. 저 친구 덕분에 멸천대는 잡았으니까 말일세."

강금평까지 나서서 용악산을 두둔하자 청벽자는 더욱 얼

굴이 어두워졌다.

청벽자의 얼굴이 어두워지는 사이 강금평이 말했다.

"각주구검(刻舟求劍)이라지 않는가. 빠른 속도로 흘러가는 배 위에서 떨어뜨렸으니 정확한 낙하지점을 찾지 못할 수밖에."

"대상 반경을 두 배로 넓게 잡고 다시 그물질을 하지요."

강금평은 무슨 말인가를 하려다가 이내 돌아섰다.

형천대주 강금평은 세수도 세수이거니와 맹의 고위직이었다.

그에게 명령을 내릴 수 있는 사람은 오직 외원의 원주와 맹주밖에 없었다.

그럼에도 불구하고 그는 지금 청벽자가 시키는 대로 할 수밖에 없었다.

새삼 세상이 바뀌었음을 실감하는 순간이었다.

"듣자 하니 항주의 작은 문파 출신이라던데?"

강금평이 사라지고 난 뒤 청벽자가 다시 용악산에게 물었다.

"금룡문이오."

"어쨌든 무림맹이 하지 못한 일을 해냈으니 장차 자네와 사문의 명성이 하늘을 찌를 걸세. 이제 그것을 감당할 자신은 있는가?"

"무슨 말입니까?"

“무게를 감당해야 할 것은 보도뿐만이 아니지.”

용악산은 청벽자가 말의 의미를 대충 짐작했다.

하지만 지금은 그런 걸 걱정할 때가 아니었다.

“저들은 어찌할 겁니까?”

용악산이 저만치 뱃머리 쪽을 돌아보며 물었다.

그곳에는 형천대주 강금평이 그의 수하들과 함께 멸천대를 포박해 비조선으로 옮겨 태우는 중이었다.

“일단은 무림맹으로 호송을 해야겠지.”

“다음엔 어떻게 됩니까?”

“뇌옥에 감금하게 될 걸세.”

“누가 그걸 결정하는 겁니까?”

용악산의 이 말에 청벽자는 묘한 표정이 되었다.

“묻고 싶은 게 무엇인가?”

“이 자리에서 참하는 것은 어떻습니까?”

“……!”

용악산의 말이 상당히 과격했던 탓일까.

청벽자는 일순 할 말을 잃고 놀란 표정을 지었다.

곁에서 지켜보고 있던 금룡문의 다른 사형제들도 마찬가지였다.

항거 불능인 사람들을 이 자리에서 죽여 없애자는 말에 용악산이 딴사람처럼 느껴졌다.

청벽자가 천천히 입을 열었다.

"우리는 관원이 아니라 무인일세. 생사결을 펼치는 중에 살계를 열었다면 모를까, 이미 무기를 버린 자들의 목을 칠 수는 없지. 그게 천하의 악적이라 해도 말일세."

내키지 않았다.

제아무리 항거 불능이라고 해도 무림맹의 배들이 나타나는 순간 항복을 한 장산벽과 멸천대가 이해가 되질 않았다.

백번 양보해서 장산벽이 중상을 입은 탓이라고 치자.

하지만 멸천대는 최후의 일인까지 싸울지언정 결코 항복을 할 사람들이 아니다.

그런 그들이 항복을 했다는 것은 아직은 죽을 때가 아니라고 판단했다는 것이다.

멸천대 스스로가 그런 판단을 내렸을 리는 없고, 필시 장산벽의 명령이 있었으리라.

비조선으로 옮겨 탄 장산벽이 용악산을 향해 말했다.

"하늘의 운명을 한 명의 인간이 어찌할 수 없다고 했던 말, 기억하나?"

"……?"

"후후, 또 보자고."

"뭣들 하느냐! 저놈을 당장 끌고 가라!"

강금평이 버럭 소리를 지르자 그의 수하들이 노를 젓기 시작했다.

장산벽이 의미심장한 미소를 짓는 사이 용악산은 강금평

에게 물었다.

"육로로 갈 생각이십니까?"

"물이라면 이제 지긋지긋하네."

"육로보다는 강물을 거슬러 올라가는 것이 안전할 겁니다."

"자네가 무슨 염려를 하는지 알고 있네. 하지만 내가 직접 호송할 테니 염려 놓으시게."

＊　　　＊　　　＊

강금평이 자신의 타격대를 이끌고 멸천대를 호송하며 사라진 후, 청벽자는 백여 명의 무인들을 동원해 일대의 강바닥을 샅샅이 훑었다.

그는 반드시 그것을 찾아야 할 이유가 있었다.

전설에 따르면, 천마군림도에 숨겨진 비공은 마도 무학의 결정체.

첫째는 그것이 사마외도의 손에 들어가선 안 되고, 두 번째는 아무리 사마외도의 무학이라고는 하나 어쨌거나 현 시대 최고의 무학이었다.

칼도 사용하기에 따라 달라지는 법.

다른 각도에서 파고들다 보면 정공의 많은 난제들을 해결할 길이 있을 수도 있었다.

그리고 그건 무림맹의 힘을 더욱더 키워줄 것이다.

일대 물고기의 씨를 말릴 만큼 그물질을 했지만 천마군림도는 발견되지 않았다.

급기야 청벽자는 물질에 능한 무인들을 골라 물속을 뒤지려고 했다.

그런데 그것도 간단한 게 아니었다.

강심의 물살은 강가와 달랐고, 강의 밑바닥은 더더욱 그랬다.

수부들이 잠수해 칼을 찾으려고 했지만 물살에 휩쓸려 죽을 뻔한 게 한두 번이 아니었다.

설상가상으로 황하의 하류는 누런 황톳물로 인해 한 치 앞을 식별할 수 없을 만큼 시야가 흐렸다.

이쯤 되자 잠수를 해 칼을 찾는다는 것이 처음부터 불가능한 일이었다는 걸 청벽자도 인정하지 않을 수 없었다.

결국 닷새 후에 청벽자는 천마군림도 찾기를 포기하고 모든 인원을 철수시켰다.

그들이 사라지고 난 이틀 뒤에는 또 다른 무리들이 나타나 강바닥을 뒤졌다.

황하수로맹의 수적들이었다.

그들은 무식하게도 무림맹이 포기한 방법을 택했다.

물질에 노련한 수적 백여 명이 허리춤에 돌덩이와 밧줄을 매달고 강바닥을 이 잡듯이 뒤진 것이다.

하지만 닷새가 지난 후 나타난 결과는 수부 서른 명의 익사
였다.

그들은 천마군림도가 강심의 빠른 물살에 휩쓸려 멀리 떠
내려갔다고 잠정 결론을 내렸다.

수색 포기였다.

그 이후로도 천마군림도의 전설에 이끌려, 혹은 호기심에
서 찾아온 강호인들이 삼삼오오 짝을 지어 강바닥을 뒤졌다.

황하의 물길을 꿰뚫고 있다는 황하수로맹도 못한 일을 그
들이 성공할 리가 있나.

그들은 하나같이 고개를 절레절레 흔들며 돌아갔다.

결국 희대의 보도는 누구도 찾지 못한 채 전설과 함께 황하
의 강물 속으로 사라져 버렸다.

第三章

새로운 영웅들의 등장

天山刀客

하구(河口)라는 말은 말 그대로 강의 입구라는 뜻이다.

바다 쪽에서 보자면 황하가 시작되는 곳이자 발해를 접하고 있는 산동의 북쪽.

애초 하남으로 향했던 여행길이 어찌어찌하여 산동의 북쪽 끝까지 오게 된 것이다.

하구는 장산벽의 거사가 용악산에 의해 수포로 돌아간 지점이기도 했다.

용악산은 이곳에서 사형제들과 사흘 동안 묵었다.

채홍만과 표자룡의 부상을 치료하기 위해서였다.

표자룡은 도귀와의 싸움에서 제법 깊은 상처를 입었는데,

외상의 고통은 그를 그다지 괴롭히지 못했다.

진짜 상처는 마음의 상처였다.

생의 첫 패배이자 그동안 수련한 결과에 대한 스스로의 불만족이 그를 오랫동안 괴롭혔다.

하지만 용악산은 그를 위로하지 않았다.

패배의 쓰라린 고통은 오직 스스로 이겨내야 한다는 걸 알기 때문이었다.

그 고통의 시간이 지나가고 나면 표자룡의 검은 더욱 나아질 것이다.

지금까지 지켜본 표자룡은 실전 경험을 결코 헛되이 만들지 않는 사내였으니까.

닷새째 되던 날 용악산은 사제들과 항주로 향했다.

사부와 사매가 걱정할 것을 염려한 탓이었다.

"최단 거리는 역시 제남까지 가서 경향운하를 타고 남하하는 것이죠. 배를 타면 편하기도 하고요."

"무슨 소리! 난 이제 다시는 배를 안 탈 거야. 아주 지긋지긋해!"

하풍달의 말에 공춘보가 버럭 소리를 질렀다.

"흥, 누군 배를 타고 싶어서 그러는 줄 아시오."

"안 타고 싶으면 안 타면 되는 거지, 무슨 말이 그렇게 많아."

"이게 다 누구 때문인데. 공 사형이 되도 않는 노름으로 노자를 다 날려 버려서 그런 거 아니오. 그나마 경향운하를 타면 교룡방의 배라도 빌려 편하게 가고, 안 그러면 이 땡볕에 보름 내내 걸어야 하오. 그러고 싶소?”

하풍달의 지청구에 용악산은 문득 하늘을 올려다보았다.

그러고 보니 어느새 봄을 지나 여름의 한복판에 있었다.

천산을 떠나 금룡관에 의탁한 지도 어언 반년.

새로운 삶을 살고자 했지만 세상은 그를 가만 내버려 두지 않았다.

장차 또 어떤 겁란이 펼쳐질지 모르는 형국이었다.

용악산은 공춘보와 하풍달의 티격태격하는 소리를 들으며 계속해서 남하했다.

그리고 닷새 후 산동을 벗어나 회안에서 항주까지 이어진 관도에서 뜻밖의 인물을 만났다.

“어… 당신은!”

공춘보는 가자미처럼 툭 튀어나온 눈으로 자신들을 막아선 사람을 가리켰다.

기름통에 담갔다가 꺼낸 것처럼 윤기가 좔좔 흐르는 흑마를 타고 있는 여인은 공화연이었다.

“역시 이 길을 택하셨군요.”

“가만, 방금 그 말씀은 우리를… 기다리고 있었단 말씀이십니까?”

“구룡장으로 돌아가는 길에 혹시나 싶어 약간 우회를 했지요."

"우리가 이리로 올 줄 어떻게 알고?"

"배를 타고 그 고생을 하셨으니 당연히 육로를 택했을 거라 생각했죠. 하구에서 항주까지 가는 관도 중에 이곳이 최단 거리잖아요."

"아무리 그래도 언제 올 줄 알고……."

공춘보가 왠지 음충맞은 눈빛으로 말을 하자 하풍달이 옆구리를 쿡 찔렀다.

"거참, 별걸 다 꼬치꼬치 묻고 그러시오."

"호호, 무작정 기다린 건 아니에요. 다만 산천 구경을 하면서 좀 천천히 걸었을 뿐. 그런데 조금 섭섭하더군요. 항주로 돌아갈 때 분명 동행을 하기로 해놓구선……."

그녀가 말끝에 용악산을 힐끔 보았다.

사람들의 시선이 동시에 용악산을 향했다.

용악산이 어떻게 나올지 궁금했던 것이다.

"하남에 계신 줄 알았습니다."

"그랬죠. 하지만 언제까지나 그곳에 있을 순 없잖아요."

그리고 이어지는 침묵.

용악산이 꿀 먹은 벙어리처럼 가만히 있자 공화연의 안색이 약간 어두워졌다.

어쩐지 자신이 환영받지 못한다고 느낀 것 같았다.

분위기가 어색해지자 사교성 좋은 공춘보가 손을 사부작

사부작 비비면서 말했다.

“자자, 이렇게 만난 것도 인연인데, 어디 가서 목이라도 축일까요?”

공춘보의 물색 모르는 말에 하풍달이 여지없이 옆구리를 찌르며 속삭였다.

“우리가 지금 돈이 어딨소?”

“쉿, 넌 가만있어.”

그리고는 다시 공화연을 향해 연방 사람 좋은 웃음을 터뜨렸다.

“자, 가실까요, 낭자?”

“좋아요, 제가 한잔 사죠.”

공화연은 말을 탄 채로 앞서 나갔다.

저만치 멀어지는 공화연을 보며 공춘보가 하풍달에게 말했다.

“거 봐라. 꼭 내 돈으로 목을 축이라는 법 있냐.”

“나참.”

＊　　　＊　　　＊

늦은 밤, 초로인이 이장도를 찾아왔다.

배꼽까지 내려오는 은발의 수염에서 선풍도골의 풍모가 절로 느껴지는 노인이었다.

“이게 무엇입니까?”

이장도가 초로인의 손에 들린 호리병을 보며 물었다.

“설마 이별주도 한잔 않고 떠나려는 건 아니시겠지요?”

“허허, 과연 성주의 눈썰미는 당할 수가 없구려.”

초로인은 천공성주(天空城主) 홍인백이었다.

당금 십대고수 중 일인이며 도법의 달인.

더불어 홍시연의 조부이기도 했다.

정도무림에서 그가 차지하는 비중은 실로 어마어마했다.

무림맹주 이장도가 천하제일검이라면 그는 천하제일도라 불렸다.

두 사람에겐 묘한 공통점이 있었다.

불과 반년 전만 해도 두 사람의 검과 도를 수식하는 말 앞에 천하제일이라는 말이 붙지 않았다는 것이다.

당시의 천하제일검객과 도객은 설산검군과 백발마존이었다.

한데 두 명의 절대자들이 한날한시에 동귀어진을 함으로써 그 칭호는 자연스럽게 이장도와 홍인백에게 물려졌다.

이장도와 홍인백, 무공으로는 서로의 실력을 가늠할 수 없을 만큼 백중지세였지만 홍인백은 이장도가 지니지 못한 한 가지를 지니고 있었다.

그건 바로 천공성이었다.

상시 산허리에 걸린 구름으로 인해 마치 공중에 떠 있는 것처럼 보인다는 천공성은 중원을 통틀어 가장 높은 곳에 위치한 성이었다.

수많은 고수를 품고 있는 신비의 천공성.

천공성주는 바로 그곳에서 은거에 가까운 생활을 하며 천하를 굽어보았다.

그런 그가 은거를 깨고 세상에 나타났다.

두 명의 절대자들은 탁자를 가운데 두고 주거니 받거니 술을 마셨다.

절대자는 고독한 법이다.

두 사람은 서로의 고독을 이해했고 술은 조용한 분위기 속에서 오고 갔다.

"무림세가들의 신망을 많이 잃으셨더군요."

한참 만에 천공성주가 입을 열었다.

복합적인 얘기다.

가깝게는 창룡전이 엉뚱하게 꼬여 명문세가가 전 강호인들 앞에 수모를 당한 것에서부터 멀리는 정마대전 이후 논공행상이 제대로 되지 않은 일까지.

이때의 논공행상이란 정마대전에 참전한 문파들에게 돌아갔어야 할 각종 이권이고, 그건 무림맹이 암묵적으로 묵인함으로써 스스로가 쟁취했다.

임자 없는 황금이 어디 있는가.

자연 새우들은 고래에게 잡아먹힐 수밖에 없다.

한데 이장도는 그것을 용납하지 않았다.

그 결과, 무림세가들은 이장도를 몰아내고 천공성주를 새로운 무림맹주로 추대하려는 것이다.

신구의 무림맹주가 한자리에 앉은 묘한 상황.

"저는 무림맹의 맹주였지, 세가맹의 맹주는 아니었으니까요."

그 한마디로 충분한 대답이 된 셈이었다.

"다른 사람은 몰라도 나만큼은 맹주에 대해 많이 안다고 생각했습니다."

천공성주의 목소리가 약간 가라앉았다.

덩달아 주변의 공기가 묵직하게 내려앉았다.

"제가 말하지 않아도 모두 알고 계시지 않습니까?"

"모르는 것도 있지요."

"중원 가장 높은 곳에서 천 리 밖을 내다보는 분께서 제 속내를 짐작 못하는 것도 있습니까?"

"십 년 전 그날……."

"……?"

"빙곡에서 정마가 명운을 건 대치 상태에 있을 때 맹주께서는 설봉에서 백발마존 천제강과 한나절 동안 독대를 하셨다지요. 그때 두 분이 무슨 대화를 나누었는지는 아직도 짐작을 못하겠습니다. 어떤 이들은 논검을 했다고도 하고, 도 어떤 이들은 마인들이 빙곡의 포위망을 풀어주는 대가로 맹주께서 십년지동을 묵인해 주었다고도 하고……."

대답을 기대하고 넌지시 물어본 말인데 이장도는 허허로운 미소만 지을 뿐, 그에 대한 대답은 없었다.

다만 이장도의 입장에서는 한 가지는 확실하게 알게 되었다.

창룡전이니 논공행상이니 하는 것들은 차마 드러내 놓고 시비를 걸 수 없는 일.

결국 십종가의 십년지동을 묵인해 주었다는 구실로 자신을 옭아매려 한다는 것, 그것으로 구대문파들을 설득하는 명분으로 삼으려 한다는 것.

이장도가 말이 없자 천공성주가 다시 말했다.

"불편하시다면 그 애긴 그만하지요."

"불편해 보이는 건 나보다 성주인 듯 하오만."

"허허, 역시 맹주의 눈은 못 속이겠구려. 사실 진짜 궁금한 것은 따로 있습니다."

"……?"

"십종가에서 십년지동을 한 것은 알겠는데. 그들 전력의 중추였던 열 개의 타격대가 어디로 사라졌는지를 모르겠단 말씀입니다. 멸천대야 이제 모습을 드러내긴 했지만……. 혹, 짐작 가는 바라도 있습니까?"

"믿으실지 모르겠지만 저 역시 그들의 전력을 찾으려고 무던히도 노력했지요. 군사부주의 혜안에 비부의 아이들을 총동원했지만 결국 찾지 못했습니다.”

“믿습니다. 맹주께서 마도를 척결하기 위해 노력했다는 것만큼은 의심의 여지가 없으니까요.”

“저 역시 천공성주에 대해 많이 안다고 생각했죠. 하지만 아직까지 짐작 못하는 것이 한 가지 있습니다.”

“……?”

“어찌하여 마귀들이 강호인들의 이목을 끌며 하구까지 가는 동안 수수방관하고 애꿎은 청벽자로 하여금 오물을 뒤집어쓰게 했을까…….”

“짐작은 하고 계실 거라고 생각했습니다만, 이왕 이렇게 됐으니 솔직히 털어놓지요. 강호인들은 그것을 맹주의 과오로 여길 것입니다.”

“하면 어찌하여 은거를 깨시려는 겁니까?”

“후후…….”

천공성주는 허허롭게 웃을 뿐이었다.

남아로 태어나 지존의 자리에 오르고 싶은 것에 무슨 이유가 있을까.

지난 역사의 수많은 전쟁이 따지고 보면 바로 그 욕심 때문에 일어난 일이 아니었던가.

“탈속까지는 아니어도 권력과는 항상 거리를 두시는 분인 줄 알았더니.”

"나이를 먹으니 마음이 약해지더군요."

"늙어서 주책이라는 소리 듣기가 딱 좋지요."

주변의 공기가 점점 무거워졌다.

"높은 곳에서 오랫동안 살다 보니 세상을 보는 시각이 달라지더군요. 할 수 있는 게 많아지고, 하고 싶은 게 많아졌습니다. 그러다가 이런 생각이 들더군요, 이 손으로 천하를 한 번 움켜쥐어 보자고."

천공성주가 자신의 커다란 손을 펼쳐 보였다.

하지만 이어지는 이장도의 말은 냉소에 가까웠다.

"세상은 그걸 마(魔)라고 부른답니다."

*   *   *

천공성주와 이장도가 비원에서 대화를 나누고 있는 시각.

황룡대주 남악평은 군사부주의 처소에 도착했다.

주변에는 수하 백여 명이 전각을 포위하고 있었다.

오늘 밤의 거사들 중 이번이 마지막 임무였다.

더불어 가장 어렵고 곤란한 임무였다.

질긴 고집이 코끼리 가죽 같다는 군사부주 허가량.

무공도 무공이지만 이십 년 동안이나 무림맹을 위해 헌신해 온 그에게 칼을 겨눈다는 것은 여간 부담스러운 일이 아니었다.

남악평은 청벽자가 미리 건네준 첩지를 펼쳐 보았다.

대상:천기수사 허가량.

죄목:십 년 전 무림맹주에게 동조하여 마도와 내통.

마도일맥인 십종가가 십년지동이라는 계를 통해 그들의 세력을 중원으로 은밀히 옮기는 것을 묵인.

'전부 헛소리야!'

남악평은 손에 들린 첩지를 와락 구겼다.

그가 다시 손을 펼쳤을 때는 가루가 바람에 흩날렸다.

뒤를 돌아보니 잔뜩 긴장한 수하들의 모습이 보인다.

그는 다시 고개를 돌려 군사부주의 처소를 보았다.

작은 등롱의 불빛이 은은하게 비치는 뒤로 군사부주의 그림자가 보였다.

그때 안으로부터 인자한 목소리가 흘러나왔다.

"사내가 칼을 뽑았으면 끝장을 봐야지."

군사부주는 남악평이 올 거라는 걸 진작부터 알고 있었나 보다.

하긴 밤새 이렇게 많은 무인들이 분주하게 움직이고 있는데 모른다는 건 말이 안 된다.

'그래, 끝까지 가보자.'

그가 방문을 열고 들어가자 군사부주는 등롱에 의지해 무언가를 적고 있었다.

"내외원의 원주들께서는 어떻게 되셨는가?"

"삼전주가 따로 모셨습니다."

"한밤에 칼을 든 수하들의 방문이라……. 많이들 씁쓸하셨겠군. 설마 불경스럽게 군 것 아니겠지?"

"최대한 예를 갖추었다 들었습니다."

"한 가지만 묻지. 무엇 때문인가?"

"잘 아시지 않습니까?"

"강요된 명분이 아닌, 자네의 생각을 묻는 걸세."

남악평은 잠시 사이를 두었다가 대답했다.

"너무 많은 사람들이 죽었습니다. 이제 다시는 그런 일이 없게 할 것입니다. 그러기 위해선 천하의 누구도 감히 넘볼 수 없는 단체를 만들어야 합니다. 그것이 이유입니다."

"이십여 년 전 누군가도 그런 말을 했지. 자네는 그가 누구인지 알고 있겠지?"

"……."

안다, 어찌 모르겠는가. 그로 인해 이십 년 동안이나 전쟁을 치렀는데.

그는 바로 마도 대종사 천제강이었다.

군사부주가 말했다.

"잠시 시간을 주시겠는가?"

남악평은 조용히 고개를 끄덕였다.

군사부주는 다시 글을 쓰기 시작했다.

가죽 끈만 묶어놓고 내용은 없는 서책이었는데, 그것을 무언가로 빼곡히 채워가고 있었던 것이다.

어떤 대목에선 생각이 나질 않는지 잠시 머리를 들어 눈을 지그시 감기도 했다.

붓이 마르고, 마른 붓을 다시 먹물에 찍기를 여러 번.

마침내 마지막 장까지 글자로 채워졌다.

그가 아직 먹물도 마르지 않은 서책을 건네주며 말했다.

"그들… 그러니까, 자네가 잡고 있는 줄의 최정점에 있는 사람들에게 건네주게."

"이것이 무엇입니까?"

"전해주면 알 걸세."

남악평이 서책을 받아 든 사이 군사부주 허가량은 눈을 감고 생각에 잠겼다.

'맹주, 무인의 명예는 목숨보다 중하다 하지요. 하지만 어쩌겠습니까, 맹주께서는 아직 세상을 뜰 때가 아닌 것을요.'

한동안 생각에 잠겨 있던 그는 이윽고 눈을 떴다.

그리고는 단호한 표정으로 말했다.

"시작하게."

"부주님……."

"누군가 한 사람은 짊어져야 할 짐일세. 내가 그것을 하려는 것뿐일세. 망설이지 말게."

남악평은 입술을 깨물었다.

"부디 용서를!"

번쩍!

은빛 검영이 허공의 한 점에서 생겨났다가 사라졌다.

아주 짧은 순간이었다.

*　　　*　　　*

적산령(積山嶺)은 적산이라고 불리는 흑도가 인근에 큰 산채를 열고 나서 붙은 이름이었다.

산을 쌓다.

처음 듣는 사람들은 이 무슨 호방한 이름인가 싶겠지만 그가 인근 십여 개의 산채를 모두 일통한 대두령이라는 걸 알면 그제야 고개를 끄덕이게 된다.

좀 더 깊이 아는 사람들은 언젠가는 그가 녹림맹의 맹주가 될 인물이라고도 한다.

그 말을 역으로 뒤집어 보자면 현 녹림맹주의 권위를 위협하는 젊은 영웅이라는 말도 된다. 적산령의 초입에 들어선 객점은 여느 객점과 달랐다.

인근에 객점이 유지될 만큼의 마을이 있지를 않았던 것

이다.

그럼에도 불구하고 객점이 들어선 것은 강소 땅으로 향하는 상인과 표국의 사람들이 적산령을 넘기 전에 반드시 이곳에서 쉬어 가기 때문이었다.

눈앞에 녹림도당들이 떡 버티고 있는데도 사람들이 이곳으로 꾸역꾸역 모여들고, 또 객점이 운영되는 걸 보면 참 신기한 노릇이다.

공춘보는 자리에 앉기도 전에 술과 돼지고기부터 주문했다.

"한데 어찌하여 혼자 항주로 돌아가십니까?"

사람들이 자리에 앉고 나서 하풍달이 공화연에게 물었다.

그의 말은 듣기에 따라 여러 가지 의미를 품고 있었다.

올 때는 남궁휘와 함께 왔다가 돌아갈 때는 왜 혼자냐는 말일 수도 있고, 아니면 험한 강호를 호위무사도 없이 홀로 여행하느냐는 순수한 걱정일 수도 있었다.

공화연은 두 가지 모두에 대한 대답을 해주었다.

"구룡장이 비록 남궁세가의 외장이라고는 하나 사람까지 그들의 수족은 아니랍니다."

잠시 후 술과 음식이 나왔고 모두들 편안한 분위기에서 식사를 했다.

그런데 채홍만이 아까부터 자꾸 곁눈질을 하고 있었다.

“왜 그래? 마음에 드는 여자라도 있냐?”

공춘보가 돼지 뒷다리를 입에 물고 물었다.

“그게 아니라, 아까부터 계속 사람들이 우리를 힐끔힐끔 쳐다보는 것 같습니다.”

“우리가 아니라 너겠지. 곰이 객점에 와서 술과 돼지고기를 먹는데 그게 안 이상하면 뭐가 이상하냐?”

공춘보의 말에 공화연이 풋, 하고 웃음을 터뜨렸다.

하지만 채홍만은 영 마뜩치 않았다.

사람들이 단순히 자기를 쳐다보기만 하는 것이 아니라 숙덕거리며 뭔가 이야기를 나눴기 때문이다.

뒤늦게 다른 일행들도 무언가 심상치 않다는 것을 느꼈다.

객점 안에는 상인과 표국의 인물로 보이는 사람들이 이십여 명 정도 있었다.

이쯤 되면 왁자지껄할 만도 한데 어쩐 일인지 조용했다.

그들을 이처럼 조용하게 만드는 원인은 구석진 곳에 앉아 있는 탁자였다.

떡 벌어진 체구에 허리에는 대도를 비껴 찬 흉흉한 인상의 사내들.

가죽으로 대충 지어 입은 듯한 옷 쪼가리는 가슴과 어깨를 훤히 드러내 놓고 있었다.

척 봐도 산에서 사는 사람들이었다.

그들의 존재가 객점 안을 공포로 몰아넣고 있었던 것이다.

바로 그 탁자에서 누군가 벌떡 일어나더니 용악산 일행을 향해 걸어왔다.

다부진 체격에 허리에는 커다란 청동곤을 차고 장비 수염을 기른 사내였다.

한쪽 눈엔 벽옥(碧玉)을 박아 넣어 푸르스름한 빛깔을 띠었는데, 그 모습이 괴이하면서도 섬뜩했다.

그가 말했다.

"혹시 금룡문의 제자들이오? 반년 전까지만 해도 항주 구석의 작은 무관이었다는……"

하풍달이 눈썹을 약간 꿈틀거리며 물었다.

"그렇소만."

"역시!"

사내는 고개를 꺾어 자신의 일행들을 향해 의미심장한 미소를 지어 보였다.

그러자 대여섯 명의 장한들이 눈동자를 부릅떴다.

"누군데 우리를 아는 거요?"

하풍달의 목소리에는 적의가 잔뜩 담겨 있었다.

사내의 대답은 더욱 적개심을 불러일으켰다.

"나는 적산채의 총표파자(總瓢把子) 진충권이오. 녹림의 형제들은 적산(積山)이라는 과분한 별호를 붙여주었지."

혹시나 했는데 역시나였다.

상대가 유명한 녹림의 수괴라는 말을 듣는 순간 분위기가 순식간에 얼어붙었다.

적산령을 중심으로 녹림맹주의 권위에 도전하는 것에서도 알 수 있듯이 그는 무서움을 모르는 위인이었다.

한번 마음먹은 것은 괴물처럼 밀어붙이는 뚝심의 사내, 그가 바로 적산이었다.

채홍만은 탁자 밑에서 대초자곤을 집어 들었으며 표자룡도 슬그머니 검병에 손을 가져갔다.

하필이면 적산을 바로 등지고 있는 공춘보는 침을 꼴딱꼴딱 삼켰다.

싸움이 벌어지면 저 무시무시하다는 적산이 청동곤을 뽑아 자신의 머리통부터 후려치지 않겠는가.

하풍달이 착 가라앉은 목소리로 물었다.

"우리를 어떻게 아는 거요?"

"대초자곤을 든 팔 척의 거한과 네 명의 도검객이 흔한 조합은 아니지요."

"그래서요?"

"실례가 되지 않는다면 술을 한잔씩 올려도 되겠소?"

"……!"

이게 무슨 굼벵이 콧구멍에 암동을 뚫는 소린가.

적산과는 일면식도 없고 더구나 녹림도의 술을 받을 일은 더더욱 없었다.

하풍달은 일단 말로 구슬려 보려했다.

"거, 무슨 영문인지는 모르나……."

하지만 하풍달이 말을 끝내기도 전에 적산은 등을 돌려 자신들의 동료를 향해 소리를 질렀다.

"공 제, 어서 그것을 가져오게."

"예, 표파자님."

공 제라 불린 사내가 붉은 비단 보자기에 싼 호리병 하나를 가져왔다.

적산은 호리병을 받아 들고 주위를 둘러보며 말했다.

"자, 어느 형제분께서 먼저 받으시겠소?"

"우리는 적산채의 식구들과는 형제를 맺은 적이 없……."

하풍달의 말은 '뽕' 소리와 함께 입구의 밀랍을 제거되는 순간 멈췄다.

사방으로 번지는 주향이 어찌나 달콤하고 향기로운지 마치 선계의 신선주 같았다.

그 향기가 한동안 코끝을 간질이는 동안 사람들은 아무 말도 하지 못했다.

"험험, 거, 술 이름이 무엇이오? 왠지 범상치 않아 보이오만."

공춘보가 괜한 헛기침을 하며 물었다.

"하하하, 형제가 술을 좀 아시는구려. 일단 한잔 들어보시오.”

 의도적이었는지 적산은 다짜고짜 호리병을 기울였다.

 “이런, 아까운 술 다 쏟겠네.”

 공춘보가 얼른 술잔을 들어 받쳤다.

 돌돌돌…….

 옥잔에 이슬이 떨어지면 이런 소리가 날까?

 주향은 더욱더 진하게 퍼져 공춘보의 이성을 마비시켰다.

 “어서 쭈욱 들이키시오. 남만의 명물 원후주(猿猴酒)라고…
인연이 없으면 천금을 주고도 못 구하는 술이오.”

 원숭이가 과일을 따다 고목의 옹이 자국에 담근다는 원
후주는 진충권의 말처럼 쉽게 구할 수 있는 물건이 아니었
다.

 술의 내력을 알게 되자 공춘보는 더욱더 군침이 돌았다.

 세상의 명주란 명주는 모두 마셔본 주당인 공춘보도 원후
주만큼은 처음이었다.

 하지만 무슨 영문인지도 모르고 무작정 마실 수는 없었다.

 공춘보는 용악산과 술잔을 번갈아 보며 눈치를 살폈다.

 고역도 이런 고역이 없었다.

 “용건이 무엇이오?”

 마침내 용악산이 물었다.

 “혹, 그대가 천산도객이오?”

 “용건이 무엇이냐고 물었소.”

“아무런 용건도 없소.”

“난 녹림도를 곱게 보지 않소.”

“알고 있소. 당신들은 충분히 그럴 자격이 있지.”

적산의 말은 묘했다.

그는 잠시 사이를 두었다가 덧붙였다.

“녹림에도 도의가 있소. 뭐, 여기서 그런 것들을 일일이 열거할 필요는 없겠지만 이것 하나만큼은 알아두시오. 난 비록 산적질로 식구들을 먹여 살리지만 당신과 당신의 사제들을 진심으로 존경하오. 정도무림에서 유일하게 존경하는 문파가 있다면 그건 금룡문이오.”

이거야말로 황당한 소리다.

남의 물건을 빼앗는 녹림들에게 존경한다는 소리를 듣다니.

그렇다면 뭐가 잘못돼도 한참 잘못된 것이 아닐까?

“휴우, 아무래도 녹림에 대한 적의가 깊은 모양이구려. 당신들이 항주에 기반을 두고 있다는 걸 알고 혹시나 이쪽으로 지나가지 않을까 해서 기다렸더니만.”

“정확히 원하는 게 무엇이오?”

“앞서도 말했지만 원하는 것은 없소. 단지 그대들에게 술 한잔 대접하고 싶었을 뿐. 그럼, 불청객은 이만 사라지겠소.”

적산은 그 말을 끝으로 수하들과 함께 객점을 나갔다.

주렴을 젖히기 직전 뒤를 힐끔 돌아보는 그의 모습이 어쩐지 쓸쓸해 보였다.

용악산 일행은 그야말로 황당한 표정이 되어 적산과 수하들의 뒷모습을 지켜보았다.

난데없이 수적들이 나타났기에 재물을 털려나 했더니, 술을 대접하고 싶단다.

그것도 엄청 존경한다는 말과 함께.

그들이 사라지고 난 뒤에 공화연이 말했다.

"적산령의 녹림채주가 제법 호탕하다더니, 소문이 사실이었군요."

"무슨 뜻입니까?"

용악산이 물었다.

"적산채는 다른 녹림채들과 좀 달라요. 혼자 재를 넘는 양민들은 건드리는 법이 없지요. 상방과 표국으로부터도 운송량의 일 할 이상은 털지 않고요. 그랬기에 아직도 많은 사람들이 이 적산령을 넘고 또 객점도 운영되지요."

"그래도 녹림은 녹림이오."

"그건 그렇죠. 그런데 그거 아세요? 천하의 많은 협객들이 그를 찾아와 벗하기를 청한다는 거요. 하지만 적산이 직접 찾아가 벗하기를 청하는 것은 무척 드문 일인데……."

그때 하풍달이 버럭 소리를 질렀다.

"그게 지금 목구멍에 넘어가오!"

공춘보가 슬그머니 원후주를 꿀꺽하다가 찔끔 놀랐다.

"술이 뭔 죄냐?"

"이런 답답한, 고개에서 우리를 털 요량으로 술에 독이라도 탔으면 어쩔 거요?"

"털면 털릴 돈이라도 있고?"

"털릴 돈이라면 있으면 다행이지. 사람이 상할까 봐 걱정인 것이오."

그 모습을 보고 공화연이 활짝 웃으면서 말했다.

"적산의 말이라면 액면 그대로 받아들이셔도 좋을 거예요. 그는 사탕발림으로 누군가를 현혹하고 뒤통수를 칠 사람이 아니니까요."

"거 봐라, 공 소저도 괜찮다고 하잖아."

공춘보는 순식간에 석 잔을 게 눈 감추듯 해치웠다.

하풍달은 계속 눈치만 보고 있었다.

이러다가 술이 남아나질 않을 것 같았다.

결국 주향을 참지 못한 하풍달이 헛기침을 하며 말했다.

"험험, 거, 나도 한잔 줘보쇼."

하풍달을 시작으로 표자룡과 채홍만, 심지어 용악산과 공화연까지 한 잔씩 나눠 먹었다.

공춘보의 말이 맞다.

술은 죄가 없다.

한 잔 술에 취기가 확확 느껴지면서도 그윽한 뒷맛이 일품이었다.

공춘보를 제외하고는 딱 한 잔씩밖에 마시질 못했는데 원후주는 금세 바닥이 나버렸다.

"쩝, 괜히 먹었다. 입맛만 버렸어."

"그러게 말이오. 에혀."

공춘보와 하풍달이 눈앞에 놓인 싸구려 화주를 보며 한숨을 쉬었다.

술이라는 게 원래 싼 놈으로 시작해 비싼 놈으로 끝을 내는 법이다.

그런데 처음부터 비싸고 귀한 술로 혀만 달뜨게 해놓았으니.

그때 탁자 위에 또 하나의 호리병이 등장했다.

사람들이 시선이 호리병을 잡은 손을 따라 올라갔다.

그곳에 이마에 청건을 두른 검수 다섯 명이 서 있었다.

"이건 또 뭐요?"

눈이 게게 풀린 공춘보가 살짝 꼬인 발음으로 물었다.

"우리는 절강성에 근거를 두고 있는 삼룡표국의 표사들입니다. 금룡문의 제자들이 보인 협의지행에 대한 이야기는 들었습니다. 원후주만큼은 못하지만 경사에 갔다가 형제들과 나눠 마시려고 산 죽로청(竹露靑)이지요. 여러분에게 드리고 싶습니다."

댓잎에 맺힌 이슬을 따다가 담근다는 경사의 명주다.

원후주보다 못하다고 사내가 겸양을 했지만 죽로청 역시 쉬이 구할 수 있는 술이 아니었다.

공춘보가 미처 뭐라 할 사이도 없이 사내는 그의 동료들과 함께 공손히 포권을 하고는 홀연히 사라졌다.

잠시 후에는 점소이가 푸짐한 요리를 내왔다.

잉어를 어슷어슷 칼집을 내고 그 위에 울긋불긋한 네 가지의 약재를 얹어 대나무 바구니에서 통째로 쪄낸 요리는 그 이름도 유명한 산동의 사품채(四品菜)였다.

"이건 누가?"

"방금 나가신 동인상방(同人商幇)의 행수님들께서 내시는 겁니다."

"동인상방? 그 양반들이 왜?"

"안주가 부실한 것 같다며 올리라고 하셨습니다."

"그러니까 왜? 왜 우리 안주가 부실한 걸 그 양반들이 걱정하냐고."

거듭되는 공춘보의 질문이 추궁처럼 느껴졌는지 열 살가량의 어린 점소이는 금세 울먹울먹한 얼굴이 되었다.

공화연이 그런 점소이를 돌려보내고 공춘보를 나무랐다.

하풍달은 그 모습이 꼭 항주에 있는 은서령을 닮았다는 생각을 했다.

금룡문의 사형제들은 일련의 상황들을 이해할 수가 없었다.

공화연은 적산이 보인 호의와 동일한 성격이라고 했지만
역시 선뜻 이해하기는 어려웠다.

도대체 자신들이 무슨 협의지행을 했다는 걸까.

그 자세한 이유는 곧 알게 됐다.

第四章
하루가 다르다

天山刀客

객점을 떠난 후 적산령을 넘는 동안 녹림들은 모습을 보이지 않았다.

마치 귀한 손님이 지나는 동안 일부러 자리를 비켜주는 것처럼.

녹림채는 적산령을 넘어서도 계속 있었지만 그들 역시 일절 모습을 드러내지 않았다.

아마 적산으로부터 무언가 언질을 받은 듯했다.

산동 일대는 온통 용악산과 사형제들이 황하에서 보인 신위에 대한 소문이 자자했다.

하나같이 끝까지 범선 위에 남아 거지 일가족들을 구출한 영웅담이었고 칭찬 일색이었다.

그건 창룡전 후기지수들에 대한 반감의 성격도 있었다.

가진 자, 힘이 있는 자들이 엄청난 양의 재물을 주고 몸을 뺄 때도 항주의 보잘것없는 작은 문파의 제자들은 끝까지 남아 거지 일가족을 지킨 것이다.

그것도 무시무시한 마도 최강의 타격대, 멸천대를 상대로.

거지는 누군가의 도움이 없이는 스스로를 지킬 수 없는 계층의 대표적인 경우다.

민초들은 거지들에게서 자신을 보았고, 금룡문의 제자들에게서 오랫동안 기다려온 영웅을 보았다.

자신들과는 상관도 없고, 그저 멀기만 한 거창한 명분들을 앞세워 제 뱃속만 채우던 무림인들과는 다른.

전혀 의도하지 않았던 민심의 흐름에 용악산은 심히 당황했다.

더불어 민초들이 얼마나 무림인들에게 염증을 느끼고 있었는지도 조금은 알 것 같았다.

이목이 불편해진 용악산 일행은 일부러 인적이 드문 산길을 택했다.

다른 사람은 모르지만 채홍만의 저 커다란 덩치만큼은 숨긴다고 숨길 수 있는 게 아니었기 때문이다.

그때쯤엔 공화연이 혼자 타기가 미안했는지 말을 다섯 필이나 더 구해왔다.

그걸 두고 공춘보는 역시 부잣집 딸은 다르다며 아부를 했고, 하풍달에게 체신머리 좀 챙기라고 퉁을 맞았다.

확실히 말을 타고 가니 편하긴 했다.

하지만 이놈의 말은 편리를 제공하는 것만큼이나 귀찮은 일도 제공했다.

풀만 먹고서는 항주까지 먼 거리를 갈 수 없는지라 콩도 삶아 먹여야 했고 거친 산길 때문에 편자도 자주 갈아줘야 했다.

결국 근처에 마을이 있을 때는 두 사람을 내려보내 필요한 물건들을 구해오게 했다.

그 일은 공춘보와 하풍달이 자진했다.

하풍달은 입심이 좋아 이런 흥정에 능했고, 공춘보는 겉으로는 하풍달이 안심이 안 된다고 했지만 속으로는 다른 생각이 있어서였다.

그는 사람들이 금룡문을 칭송하고 우러러보는 것을 무척이나 즐겼다.

그리고 가까운 마을로 내려갔다가 돌아온 두 사람은 경천동지할 소식을 가져왔다.

"그게… 무슨 말입니까!"

모닥불 가에서 토끼를 굽고 있던 표자룡이 벌떡 일어섰다.

"말 그대로야. 장산벽 그놈이 탈출을 했대. 아니, 구출을 당했다고 해야 하나? 하여튼 놈이 도망갔대."

공춘보가 편자를 툭 내던지며 말했다.

"청벽자는 무얼 하고 있었답니까? 형천대는 또 어쩌고요."

"나도 잘 몰라. 소문에는 소록산 협곡을 지날 무렵, 마인 삼백이 협공을 했다더라고. 개중에는 백인살생부에도 이름이 오른 전대의 마두도 다섯이나 있었대. 그들이 형천대주 강금평을 협공을 하는 동안 다른 마인들이 장산벽을 빼돌렸나 봐."

"어떻게 그런……."

"아무튼 그 일로 무림이 발칵 뒤집어졌어. 그놈들 때문에 이젠 금룡문 얘기는 하지도 않아. 아주 관심 밖이라니까."

표자룡은 물론이거니와, 모닥불 가에 앉아 있던 채홍만, 공화연의 시선도 동시에 용악산을 향했다.

공화연이 물었다.

"결국 이렇게 됐네요."

"예상했던 일이었소."

"예상… 했다고요?"

용악산은 고개를 들어 공춘보에게 물었다.

"풍달이는 어딜 가고 너 혼자 오는 거냐?"

"예? 그 자식 아직 안 왔습니까?"

"너랑 같이 갔는데 무슨 말이야?"

"어라? 뭐 좀 더 알아볼 게 있다면서 나보고 먼저 가라고 하더니."

사람들의 고개가 잠시 갸우뚱했다.

먼저 가라고 했다면 당연히 공춘보가 먼저 오는 것이 맞지 않은가.

그런데도 공춘보는 하풍달이 먼저 왔어야 정상인 것처럼 말하고 있었다.

"헉!"

뒤늦게 실언을 깨달은 공춘보가 사색이 되었다.

"어떻게 된 거야?"

"시, 실은… 오는 길에 객점이 보이기에 물 한잔 얻어먹는다는 것이……."

술 한잔 걸치고 왔다는 것이다.

천하의 참견장이 공춘보가 어디 술만 걸쳤을 것인가.

분명 옆 탁자의 사람들과 노닥거리다가 은근슬쩍 자신이 금룡문의 제자라는 걸 밝히고 공술까지 얻어먹고 왔을 것이다.

그 시간이 얼마나 걸릴까.

두어 시진은 족히 걸리지 않을까.

그렇다면 하풍달은 그 두어 시진 동안 어디에서 무얼 하기에 아직까지 오지 않고 있단 말인가.

"제가 가보겠습니다."

표자룡이 검을 고쳐 메고 일어섰다.

"그럴 필요 없다."

"대사형, 마도의 잔당들도 그렇고 황하의 수적들도 그렇고, 우리에겐 적지 않은 적들이 있습니다."

표자룡은 사람들이 잠시 잊고 있던 것을 일깨워 줬다.

"눈치가 빠른 녀석이다. 제 앞가림은 충분히 할 수 있으니 저녁때까지 기다렸다가 그때도 오지 않으면 모두가 하산한다."

*　　　*　　　*

하풍달은 해가 지기 전에 돌아왔다.

그리고 장산벽이 도주한 것보다 훨씬 충격적인 소식을 가져왔다.

"이 자식이 내처 싸돌아다니더니 어디서 헛소문을 듣고 왔어. 너 기생집에 갔다 와놓고선 민망하니까 엉뚱한 소리 하는 거 아냐?"

공춘보가 토끼 뒷다리를 뜯으며 면박을 주었다.

"내가 공 사형인 줄 아시오!"

하풍달의 목소리가 어찌나 컸던지 깜짝 놀란 공춘보는 자신의 혀를 깨물었다.

화가 난 공춘보가 냉큼 하풍달의 멱살을 잡으려는데, 분위기가 살벌했다.

용악산을 비롯한 모든 사람들이 두 눈을 부릅뜬 채 하풍달의 입만 쳐다보는 것이었다.

결국 공춘보도 한쪽으로 슬그머니 물러설 수밖에 없었
다.

"그게 무슨 말이야? 좀 더 자세히 말해봐."

용악산이 묻자 하풍달은 잠시 숨을 고른 다음 설명을 했
다.

"장산벽이 도주했다는 얘기는 들으셨죠? 그때 공 사형과
저는 대장간에서 편자를 맞추고 있었는데, 지나가는 걸개들
이 나누는 이상한 얘기를 얼핏 들었습니다."

"무슨 얘기? 난 못 들었는데."

공춘보가 불쑥 끼어들었지만 곧 무시되었다.

"보시다시피 공 사형은 가는귀가 먹어 도움이 안 되겠다
싶어 먼저 보내고 저는 그들을 따라갔죠. 예상대로 그들은 평
범한 걸개들이 아니었습니다."

"개방도였구나. 그렇지?"

공춘보가 대단한 거라도 알아차린 것마냥 호들갑을 떨었
지만 역시 이번에도 무시되었다.

"제법 실력깨나 있는 놈들이었습니다. 제가 뒤를 밟는 걸
금세 알아차리고는 막다른 골목에서 다섯 놈이 에워싸더군
요."

"그래서 한바탕 드잡이를 했냐? 네 녀석이 멀쩡한 걸 보니
걸개들을 패대기쳤나 보지? 오오, 제법인데."

뻑!

공춘보가 등에 주먹을 맞고는 쓰러졌다.

참다 못한 용악산이 마혈을 짚은 것이다.

점혈을 해도 될 것을 굳이 타혈을 하는 바람에 사람들은 한 순간 용악산이 공춘보를 두들겨 패는 줄 알았다.

온몸이 마비되어 뻣뻣하게 굳어가는 공춘보를 뒤로하고 하풍달이 계속 설명을 했다.

"걸개들을 달래 술을 한 동이 사 주면서 놈들이 나눈 얘기의 진상을 들었죠. 처음엔 비밀이라면서 펄쩍 뛰던 놈들이 결국 '언젠가 밝혀질 텐데 뭐' 하면서 술술 풀어놓더군요. 그게 바로 이 얘기였습니다. 군사부주 허가량이 십 년 전 마인들과 내통해 십년지동을 묵인했다는 겁니다. 그 결과, 군사부주는 자신의 처소에서 참수당했고, 무림맹주는 직접적으로 관여는 하지 않았지만 수장으로서의 책임을 물어 뇌옥에 갇혔다는군요. 그리고 천공성주 홍인백이 새로운 맹주로 추대 되었답니다."

"처, 천공성주?"

공춘보가 목소리를 쥐어짰다.

뜻밖의 인물의 등장에 모두를 놀란 표정을 감추지 못했다.

산동의 어느 험한 산악 지대에서 높은 성을 지어 놓고는 자신을 따르는 무리들과 함께 폐쇄적인 생활을 한다는 무적의 고수.

지금 이 순간 그가 왜 갑자기 등장한단 말인가.

입을 쩍 벌리고 한동안 말을 잇지 못하던 공춘보는 머리를 번개처럼 스치고 가는 생각이 있었다.

"가만, 홍시연도 산동의 작은 문파 출신이라고 했는데, 혹시……?"

공춘보가 말끝에 공화연을 보았다.

"맞아요. 천공성주의 손녀예요."

"뜨아!"

"허억!"

공춘보와 하풍달이 동시에 단말마를 토해냈다.

공화연이 꼬박꼬박 언니라고 부르며 공손히 대할 때부터 범상치 않은 신분인 줄은 알았지만 그 정도였을 줄이야.

공춘보의 시선이 갑자기 표자룡에게로 향했다.

"왜 그런 눈으로 보십니까?"

"아, 아니야, 아무것도."

말은 그렇게 했지만 속으로는.

'좋겠다, 씨이…….'

표자룡은 다시 하풍달에게 물었다.

"한데 십년지동이 뭡니까?"

"나도 정확히는 몰라. 걸개들 말로는 십종가라는 마도일맥이 십 년 전부터 중원무림으로 자신들의 세력을 은밀히 옮기고 있었대. 군사부주는 그걸 묵인한 거고."

"대가가 무엇입니까?"

"뭐?"

"군사부주가 내통을 했다면 필시 대가가 있었을 거 아닙니까."

"글세, 그런 얘기는 없던데?"

모닥불 주변은 한순간 침묵에 휩싸였다.

장산벽의 도주 소식은 그렇다 치더라도 군사부주가 죽고 무림맹주가 뇌옥에 갇힐 줄은 정말 예상 못했던 일이다.

무림맹에 알력 다툼이 있다는 건 알았지만 이 정도일 줄이야.

개방도들이, 그것도 누군가에게 떠벌리려던 것이 아니라 자신들끼리 나누던 중에 흘러나온 말이라면 상당한 신빙성이 있었다.

"역시, 그렇게 됐군요."

한숨 섞인 목소리의 주인공은 공화연이었다.

"무언가 짐작 가는 바라도 있습니까?"

표자룡이 물었다.

"맹에 내분이 있을 거라는 당신의 말은 사실이었어요. 어쩐지 맹을 흉보는 것 같아 말씀드리지 않았지만 제가 찾아뵈었을 때 두 분은 사실상 연금 상태였지요."

"하늘 아래 북검성 이장도를 연금할 수 있는 사람이 있단 말입니까?”

표자룡의 말투에는 이장도에 대한 경외감이 묻어 있었다.

이해할 수 있었다.

이장도는 자타가 공인하는 현시대 최강의 검객.

게다가 그가 오랜 세월 쌓아온 협객의 명성은 천하를 떨어울렸다.

검을 든 표자룡이 그를 태양처럼 바라보는 것도 무리는 아니었다.

공하연이 말했다.

“그분은 그런 분이에요.”

“그 말씀은?”

“어제까지만 해도 한솥밥을 먹던 사람들이 서로를 향해 칼을 겨누게 하지 않으려는 거죠. 자신만 결심을 하면 되니까요. 그러면 최소한 형제들끼리 피를 흘리는 일은 없을 테니까요.”

“한데 왜 갑자기 천공성주가 등장을 한 겁니까?”

“뻔한 수순 아니겠어요. 무림세가들이 주축이 된 장로부에서 의결을 통해 전 맹주님에 버금가는 무공을 소유한 천공성주를 맹주로 추대했겠죠.”

“그 반대일 수도 있습니다.”

용악산이 말을 끊었다.

"무슨… 말씀이시죠?"

"장로들에 의해 맹주로 추대된 것이 아니라 처음부터 그가 맹주 자리를 욕심내 장로들을 움직였을 수도 있다는 말입니다."

"어떻게 그런 일이……."

비록 가정이라고는 하지만 공화연은 용악산의 말을 흘려들을 수 없었다.

무림맹에 내분이 있다는 걸 알아차린 것도 그렇고, 범선 위에서 보여준 뛰어난 신위도 그렇고, 용악산이 평범한 사람이 아니라는 걸 이제 확실히 깨달았기 때문이다.

그날 이후 일행들은 계속해서 길을 재촉했고 하풍달을 마을로 내려보내는 일도 잦아졌다.

하풍달은 그때마다 놀라운 소식들을 가지고 왔다.

하지만 항주에 도착할 때쯤엔 더 이상 무림맹의 소식은 들리지 않았다.

대신 세상을 발칵 뒤집어놓은 또 다른 소식이 용악산을 기다리고 있었다.

*   *   *

중원 북쪽의 국경 지대.

요하(遼河)는 오래전부터 기마민족들의 땅이었다.

말을 타고 장장 열흘을 달려도 그 끝을 볼 수 없다는 중원 최대의 동북평야는 수많은 기마민족들을 명멸(明滅)을 지켜보았다.

북평마가(北平馬家) 역시 기마민족의 후예였다.

삼백 년의 역사를 자랑하는 북평마가의 오구마(烏龜馬)는 그들이 초원을 달리던 시절부터 이어져 온 순수 혈통으로, 부르는 게 값이었다.

하루 종일 달려도 지치지 않으며, 사납기로는 초원의 늑대조차 두려워하는 명마 중의 명마.

때문에 전쟁터로 나가는 군문의 장수들은 반드시 북평마가의 오구마를 전마(戰馬)로 사용했다.

창칼을 번뜩이며 달려오는 수많은 적들을 향해 마주 달려갈 수 있을 정도의 담력을 지닌 말은 그리 쉽게 구할 수 있는 게 아니었다.

지금도 드넓게 펼쳐진 평원에는 수만 필의 말들이 한가로이 풀을 뜯고 있었다.

"저기 좀 보시라니까요. 어때요? 제 말이 맞죠?"

목동 을유랑은 손가락으로 평원 너머를 가리키며 말했다.

예로부터 평원에 사는 기마민족들은 상상할 수조차 없을 만큼 시력이 좋았다.

을유랑은 그중에서도 특히 시력이 좋아 이곳 천망대(天望

臺)에서 평원 전체를 관조하며 각종 기상관측과 언제 출몰할
지 모르는 평원의 늑대들, 그리고 무리에서 이탈한 말들을 살
피는 것이 임무였다.

그런 그의 눈에 평원 저 너머로부터 이상한 구름이 포착된
것이다.

"확실히 이상한걸."

칠 구역의 책임자이자 서른 명의 목동을 감독하는 조장 번
율기가 말했다.

그는 을유량이 부르는 소리를 듣고 지금 막 달려온 터였다.

"저 구름이 언제부터 있었다고?"

"오늘 아침부터입니다. 하지만 그때는 지금처럼 크지 않았
죠."

"그렇다면 이쪽으로 다가오고 있다는 말인데… 혹시, 순록
떼가 아닐까? 이맘때면 순록 떼들이 풀을 찾아 이동을 하잖
아."

"저도 아침까지만 해도 그렇게 생각했죠. 하지만 이제 그
럴 가능성은 희박합니다."

"어째서?"

"순록 떼가 저렇게 먼지를 일으키며 달릴 경우는 한 가지
뿐이죠. 늑대 무리에게 쫓기는 경우입니다. 그런데 무슨 놈의
늑대들이 한나절 동안이나 사냥을 한답니까."

"그렇다면 도대체 뭐란 말이야?"

"혹, 인근의 기마부족들이 말을 약탈하려고 오는 게 아닐까요?"

을유량이 조심스럽게 자신의 의견을 말했다.

"이곳 동북평원에서 감히 북평마가의 말을 약탈한다고? 미치지 않고서야 그런 짓을 저지를 놈들이 있겠어?"

번율기가 이렇게 자신만만한 데는 그만한 이유가 있었다.

북평마가는 단순한 목장이 아니었다.

요동의 패자라는 대모용세가의 삼대지가 중 한 곳이 바로 북평마가였다.

모용세가 역시 북평마가와 마찬가지로 기마민족의 후예.

제아무리 날고 긴다하는 기마부족들이라도 감히 모용세가를 건드릴 생각은 말아야 한다.

뛰어난 기마술에 무공까지 익힌 무인들의 추적을 받아 본 거지가 초토화되고 싶지 않다면.

"역사를 돌이켜 보면 종종 그런 미친 작자들이 있었죠. 가령… 평원에서 새로 나라를 일으키려고 한다거나."

"천망대에서 하루 종일 사서만 읽더니 상상력이 점점 커지는구나. 그런 일은 몇백 년에 한 번 있을까 말까 한 경우야."

"그런가요?"

무안해진 을유량은 머리를 긁적긁적했다.

"하지만 가볍게 넘길 일은 분명 아니다. 근처에 적마단주(赤馬團主)께서 뛰어난 무인 일백을 이끌고 훈련 중이시니 유사시를 대비해 일단 연통을 넣어두자."

"역시 그러는 게 좋겠죠."

을유량은 허리춤에서 팔뚝만 한 뿔나팔을 뽑아 들었다.

그리고 숨을 한껏 들이쉰 다음 힘차게 내뿜었다.

뿌우우우우우—

커다란 뿔나팔 소리가 습한 공기를 타고 멀리까지 전해졌
다.

"녀석, 언제 봐도 뿔나팔 소리 한번 우렁차다니까."

"하하하, 전 뿔나팔 불 때가 제일 신나거든요. 속이 확 뚫
린다고나 할까."

"하지만 뿔나팔 불 일은 적을수록 좋지."

"그거야 물론이죠."

하지만 뿔나팔은 그때 한 번으로 끝나지 않았다.

그날 오후 칠 구역에는 대여섯 번의 다급한 뿔나팔이 더 울
렸고, 곧 열다섯 곳의 또 다른 구역에서도 동시다발적으로 울
려 퍼졌다.

*   *   *

펑!

"이놈들이 죽고 싶어 환장했구나!"

가사를 입은 승려의 입에서 나온 소리라고는 도저히 믿기

지 않을 만큼 흉악한 목소리가 흘러나왔다.

그의 손아귀에 들려 있던 술잔은 이미 가루가 되어 떨어지고 있었다.

"형님, 고정하시지요."

뱃사공이 승려를 만류했다.

"내가 지금 고정하게 생겼냐. 감히 일개 마가의 나부랭이들이 감히 신교의 적통을 이은 대주께 칼을 겨누다니……."

두 사람은 용악산의 수하인 장산과 석승이었다.

용악산이 돌아왔다는 소식을 듣고 그의 수하들이 장산의 나룻배에 모여 이렇게 울분을 토하고 있는 것이었다.

"그래도 금룡문의 제자들이 나름 제법 잘 싸웠답니다. 표자룡인가 하는 그 친구는 도귀에게도 한칼을 먹였다더군요. 허, 눈빛이 괜찮다고는 생각했지만, 그 녀석 제법이지 않습니까?"

"한 놈만 쓸 만하면 뭐 해. 공춘보인지 하풍달인지 하는 놈들은 아무짝에도 쓸모가 없는 놈들이야. 내 면상을 한 대씩 갈겨주려다가 대주의 얼굴을 봐서 참았다."

"그들을 보셨습니까?"

"어제도 객점에서 술을 마시면서 헛소리들을 지껄이더라."

"헛소리라뇨?"

"술꾼들을 모아놓고 마치 제 놈들 둘이서 멸천대를 모조리 해치운 것마냥 허풍을 떨더라, 이 말이다. 그놈들 하는 말대로라면 대사형과 표자룡은 망만 봤어."

"하, 후레자식들."

"저기……."

장산과 석승의 대화에 저만치 구석에 있던 채홍만이 슬그머니 끼어들었다.

"그래, 홍만이 네가 가장 잘 알겠구나. 언제 대사형 몰래 그놈들 한번 불러내라. 내 피똥을 싸게 해줘야겠다."

장산이 노를 젓다 말고 소매를 걷어붙이며 으름장을 놓았다.

"그게 아니고요."

"뭐?"

"사람들이 조금 경망스럽기는 해도 근본은 착한 사람들입니다. 저한테도 잘해주고요."

"뭘 잘해줬는데."

"그게 그러니까… 여하튼 잘해줍니다."

채홍만은 볼을 북북 긁으면서 우물거렸다.

"너 지금 그 녀석들 편드는 거냐?"

"편드는 게 아니고요. 뭐랄까, 꼭 철없는 형들을 보는 것 같습니다. 어떨 땐 콱 집어 던지고 싶다가도 어떨 땐 가슴이 짠해집니다."

"……!"

그때 석승이 채홍만을 노려보았다.

유소악과 살갑게 붙어 있던 채홍만은 석승의 부리부리한 눈이 자신에게 꽂히자 찔끔했다.

혹시나 대주, 아니, 대사형을 잘못 모신 것에 대한 추궁이라도 받을까 염려가 이만저만이 아니었다.

확실히 멸천대 놈들이 용악산을 향해 칼을 겨누도록 두고만 본 것은 큰 죄였다.

적어도 이들의 기준 안에서는.

석승이 채홍만을 향해 손가락을 까딱거렸다.

채홍만은 마른침을 삼켰다.

곰 같은 덩치의 채홍만에게도 석승은 두렵기 짝이 없는 존재였다.

채홍만이 일어나 걸음을 옮기자 작은 나룻배가 통째로 뒤흔들렸다.

하지만 중심을 잡지 못하는 사람은 없었다.

채홍만은 뱃머리에 앉아 있는 석승의 앞에 한쪽 무릎을 꿇었다.

"죽을죄를 지었……."

"내 잔 한잔 받아."

"예, 예에?"

석승이 술잔을 건네주었고 채홍만은 공손이 술을 받아 마셨다.

“네가 고생이 많다.”

“고생이랄 것까지야 뭐…….”

“기백에서든 무공에서든 멸천대 놈들에게 절대 밀리지 않았겠지?”

쾅! 쾅!

“제가 누굽니까, 채홍만 아닙니까.”

석숭이 자신을 나무라려는 게 아님을 알아차린 채홍만이 가슴을 쾅쾅 두드리며 말했다.

“암, 그래야지. 멸천대 놈들이 아무리 사납기로서니 우리에게는 어림없지. 암, 내가 너희들을 어떻게 훈련시켰는데.”

두 사람이 술을 주거니 받거니 하는 동안 노를 젓고 있던 장산이 물었다.

“그나저나 이제 어떻게 되는 겁니까?”

딱히 누구를 향해 물은 것은 아니었다.

지금의 상황에 대한 비슷한 궁금증을 모두 가지고 있었고, 그것을 대화의 서두로 꺼냈을 뿐이다.

“어쩌긴 뭘 어째. 무림맹 놈들이 멸천대를 추적해 몰살시키겠지.”

“글쎄, 그게 꼭 그렇지만도 않을 겁니다.”

이의를 제기하고 나선 사람은 학관 선비, 추립이었다.

과거에는 북두검이라는 별호를 지녔던 검의 달인.

“무슨 말이냐?”

"문제는 장산벽이 왜 그런 행보를 했느냐는 거죠."

"그거야 천마군림도 때문이라도 밝혀졌잖느냐?"

"과연 그럴까요?"

"찔끔찔끔 내놓지 말고 속 시원하게 말해봐."

모두의 시선이 추립에게로 향했다.

그가 천천히 입을 열었다.

"장산벽이 그런 행보를 벌인 것은 천하에 흩어진 마인들의 가슴에 불을 지르기 위함이었을 겁니다. 생각해 보십시오. 정마대전이 끝났다고는 하지만 무림맹은 마도 척결의 기치를 내리지 않았습니다. 오히려 백인살생부니 어쩌니 하면서 세상 구석구석에 숨어 있는 마인들을 추적해 척살했죠. 그런 차에 정마대전 당시 가장 악명을 떨쳤던 장산벽이 멸천대를 이끌고 나타났습니다."

"그래서."

"그는 신교의 형제들을 죽인 정도문파의 후예들을 피곤죽으로 만들고 무림맹을 들었다 놨다 했습니다. 그 과정에서 천마군림도까지 손에 넣었죠. 비록 대주께서 등장하시는 바람에 그것을 놓치기는 했지만."

"그게 중요한 거야. 놈의 거사는 실패했어."

"아닙니다. 적어도 대종사의 상징이랄 수도 있는 천마군림도를 무림맹에게 빼앗기지는 않았죠. 그것만으로도 장산벽은 소기의 목적을 달성했다고 볼 수 있습니다."

"말하고자 하는 요점이 뭐야?"

"호송되어 가는 장산벽을 구출한 사람들이 누구라고 생각하십니까? 멸천대의 나머지 잔당들이라고 생각하십니까? 천만에요. 호송을 하는 사람들 중에는 형천대주 강금평도 있었습니다. 그런 거물을 상대할 유인할 수 있는 사람은 흔치 않죠."

"네 말은……?"

"흩어져 있던 마인들, 아니, 형제들의 마음이 장산벽에게로 움직이고 있다는 겁니다. 마음이 움직이면 자연 몸이 따라가죠."

주변에 싸늘한 침묵이 감돌았다.

자신들이 이토록 분노하던 진짜 이유를 알았기 때문이다.

조금씩 잦아들어가던 불씨를 장산벽이 살리고 있었다.

다시 전쟁이 일어나면 수많은 마도의 형제들이 죽어갈 것이다.

그게 화가 난 진짜 이유였다.

"그나저나 평개 그놈은 어딜 간 거야?"

딱히 할 말이 없어진 석승이 거지 평개를 찾았다.

"저기 오는뎁쇼."

장산의 말에 사람들이 강가를 보았다.

그곳에 후줄근한 거지 하나가 헐레벌떡 달려오고 있었다.

무슨 일인지 모르지만 무척이나 다급해 보였다.

장산이 서둘러 배를 강가로 몰았다.

평개는 배가 뭍에 닿기도 전에 훌쩍 뛰어오르더니 술부터 찾았다.

"술, 술 없어?"

"난 또 뭐라고. 술이 고파서 그랬구만. 참, 가지가지 하십니다."

"꿀꺽꿀꺽!"

장산의 말에도 아랑곳 않고 술을 한 병이나 들이켠 평개는 입가에 묻은 지게미를 쓰윽 닦으면서 말했다.

"다들 놀랄 준비 됐어?"

"거, 뭔 소리요?"

"씨부럴, 전쟁이 났대."

"취했소?"

"헛소리가 아니야. 걸개들이 이상한 소리를 하고 다니기에……."

"걸개들이야 원래 이상한 소리를 하지 않소. 둘째 형님도 그렇고."

"그게 아니라니까. 하도 이상해서 내가 복면을 쓰고 항주 분타주를 직접 찾아가 물었지."

복면을 쓰고 갔다는 건 두들겨 팼다는 소리다.

"그랬더니 철갑기마대인지 뭔지 하는 놈들이 난리를 일으켰대."

*   *   *

전쟁이 일어났다.

최초의 시작은 뜻밖에도 군문의 장수로부터 비롯되었다.

몽골과의 국경 지대인 요동의 북쪽에는 아직도 이민족들의 약탈이 끊이지 않았다.

말을 타고 대도를 휘두르며 약탈을 일삼는 이민족들의 기동성은 도저히 감당할 수가 없었다.

때문에 군문에서는 그동안 무공 실력이 뛰어난 무림인들을 고용해 그들을 추적하고 본거지를 일망타진해 왔다.

좋은 보수에다가 일절 과거를 묻지 않으니 낭인 지원자들이 해가 다르게 늘어났다.

급기야 그 수가 오백에 육박하게 되었고 군문에서는 편제를 두어 따로 관리를 하기에 이르렀다.

이름하여 요동별기군(遙東別技軍)이다.

하지만 사람들은 그들을 철갑기마대라고 불렀다.

강철마갑에 돌격창을 들고 질주하는 그들은 이민족들에게 공포의 대상이었다.

그들이 지나간 곳에는 살아 있는 것이라곤 아무것도 존재하지 않았다.

그들의 만행이 도를 넘어선 지 오래였지만 오히려 그런 악

명이 역설적이게도 이민족들의 도발을 억제하는 힘이 있었기 때문에 군문에서는 눈을 감았다.

또한 시원한 복수를 해줌으로써 국경 이남의 한족들에게는 오히려 영웅으로 대접받았다.

그런데 도지휘사(都指揮使)이 명령을 받던 별기군의 대장군이 별안간 수하들을 이끌고 국경 지대를 이탈해 남하한 것이다.

그리고 이민족들을 향해 겨누던 칼을 한족들에게 겨누었다.

정확히 말하면 무림방파였다.

최초의 제물은 북평마가였다.

철갑기마대는 북평마가의 말들 중에서도 순수 혈통의 오구마 삼천 필을 탈취한 후 달아났다.

북평마가는 물론이거니와 모용세가까지 발끈하는 것은 당연했다.

모용세가는 모든 인맥과 지가를 총동원해 철갑기마대를 추격했다.

잃어버린 마필이 문제가 아니었다.

모용세가의 지가가 군문의 탈영병들 따위에게 수모를 당하다니.

뛰어난 고수 삼백으로 구성된 모용세가의 추격대는 하북의 초입에 펼쳐진 모래평원에서 철갑기마대를 따라잡았다.

한데, 어찌 된 일인지 철갑기마대의 숫자는 이미 칠백으로 불어나 있었다.

모두 북평마가에서 훔친 말과 군문을 탈영할 때 가져온 갑옷 등으로 무장한 상태였다.

들려오는 소문에 의하면, 일대에서 흑사단(黑砂團)이라는 이름으로 악명을 떨치던 마적단이 가세한 것이라 했다.

그들은 가세하는 동시에 철갑기마대가 되어버렸다.

모용세가는 완전무장을 갖춘 철갑기마대 칠백을 상대로 격전을 벌였다.

천시와 지리, 모두 모용세가의 편이 아니었다.

모용세가의 무인들 또한 걸음마를 배우기 전부터 말 타는 법을 배운 평원의 아들들이었다.

그럼에도 불구하고 시시때때로 불어닥치는 모래바람으로 인해 놈들을 놓치고 고립되기 일쑤였다.

반면 그곳을 잘 아는 흑사단이 가세한 철갑기마대는 모용세가의 추격대를 그곳 사람들이 골짜기의 아들(파자—坡子)이라 부르는 커다란 분지로 유인해 대패시켰다.

생존자는 없었다.

모용세가의 초고수들이 총출동한 이차 추격대가 만들어지는 사이 철갑기마대는 하북으로 향했고, 오만 평에 달하는 하북팽가의 장원을 초토화시켰다.

용력을 타고난다는 하북팽가의 강철 같은 무인들도 철갑기마대의 위용 앞에서는 하루를 견디지 못했다.

철의 질주는 계속되었다.

하북팽가를 필두로 하북의 다섯 개 문파가 불과 열흘 만에 무참히 짓밟히더니, 보름 후에는 산서의 진주언가가 당했다는 소식이 들려왔다.

이로써 황하 이북의 내로라하는 무림문파가 모두 철갑기마대에게 당한 것이다.

철갑기마대는 이제 황하에 집결했으며 곧 황하를 넘어 중원으로 남하할 것이라는 소문이 돌았다.

그때쯤엔 철갑기마대의 숫자가 천오백으로 불어나 있었다.

북평마가, 모용세가, 하북팽가, 진주언가와의 격전에서 죽은 자들의 숫자가 꽤 되었으니 실제로는 훨씬 많은 인원이 보강된 것이다.

그 숫자는 지금도 계속해서 늘어나고 있었다.

이제는 강호인들도 저들이 단순한 탈영병들이 아니라는 걸 알게 되었다.

그들은 천산에서 중원으로 흘러들어 온 마인들이었다.

십종가가 십년지동을 통해 중원으로 옮긴 십여 개의 타격대들.

그동안 무림맹에서 눈에 불을 켜고 찾았지만 찾지 못했던 이들이 뜻밖에도 대륙의 저 북쪽 국경 지대를 지키던 군문에 의탁하고 있었던 것이다.

하지만 정작 문제는 따로 있었다.

그들은 오랜 세월 이민족들의 본거지를 약탈하면서 전술적인 훈련까지 마쳤다.

그리고 그 실력을 지금 중원의 무림방파를 초토화시키는 데 쓰고 있었다.

빠른 기동성과 철갑으로 무장한 무적의 기병, 게다가 무림인들에게 상대적으로 약한 기마전술까지 자유자재로 구사하는 자들.

결정적으로 그들은 남하를 하면서 그 지방에 흩어져 있던 마인들을 속속 흡수하고 있었다.

이해할 수 없는 것은 가세하는 마인들이 이미 해당 지역에서는 상당한 수준의 영향력을 행사하고 있는 상가, 지주, 무관, 심지어 흑도 방파들이었다는 점이다.

철갑기마대는 상대적으로 지방 사정을 소상히 알고 있는 그들의 지원과 가세로 홍수처럼 밀려왔다.

하면 그들은 왜 지금껏 숨죽여 지내고 있다가 갑자기 들고일어섰는가.

그에 대한 답은 쉽다.

십종지룡, 마도 역사상 최강의 타격대라는 평가를 받는 멸천대주 장산벽이 무림을 진동시키며 등장했기 때문이다.

정도무림도 가만있지는 않았다.

무림맹의 수많은 고수들이 대거 황하로 향하고 있었다.

바야흐로 정마대전이 초읽기에 들어갔다.

천산 주봉에서 마도 대종사가 죽음으로써 이십 년간이나 이어져 오던 정마대전이 끝난 지 불과 반년 만의 일이었다.

第五章

그들이 오고 있다

天山刀客

초승달처럼 휘어진 곡도가 허공을 갈랐다.

자욱하게 일어난 흙먼지는 도신을 중심으로 맹렬하게 소용돌이쳤다.

광풍교사(狂風覺沙) 미친 바람이 잠든 모래를 깨우고
적룡치막(赤龍馳漠) 붉은 용이 대막을 질주한다.
천하무적(天下無敵) 하늘 아래 가히 대적할 자가 없으니
북풍도극(北風刀極) 오직 북풍만이 도의 궁극이라.

북풍십삼막의 마지막 네 초식이었다.

“이얍!”

날카로운 기합과 함께 은빛 도신을 품은 흙바람이 황소만 한 바위를 관통했다.

푸스스스······.

흙바람은 그대로 먼지가 되어 흩어졌다.

그리고 아무 일도 일어나지 않았다.

“이상하다? 분명 열 번 중에 한 번은 성공했는데······.”

이마에 땀방울이 송골송골 맺힌 은서령은 뒤통수를 긁적긁적했다.

용악산의 눈동자에 한순간 기광이 떠올랐다가 사라졌다.

그리고는 여느 때와 다름없는 목소리로 말했다.

“이번이 그 아홉 번 중에 한 번인가 보지.”

용악산이 말했다.

“대사형이 앞에서 멋지게 잘라내려고 했는데, 아쉽다.”

“도법이 많이 좋아졌구나.”

“정말요? 정말 그렇게 생각하세요?”

용악산의 칭찬을 들은 은서령은 그제야 얼굴을 활짝 폈다.

땀을 훔치는 손가락의 굳은살에서 그동안의 수련이 어떠했는지 짐작할 수 있었다.

“그래도 바위를 쪼갰으면 더 좋았을 텐데.”

은서령은 잔뜩 아쉬운 표정을 짓고는 칼을 도갑에 척 꽂았다.

두 사람은 천천히 숲 속을 걸었다.

그사이 금룡문 주변의 숲은 짙은 녹색으로 우거져 있었다.

이름 모를 산새 소리와 시냇물 소리가 그동안의 피로를 말끔히 씻어주는 것 같았다.

"걱정 많이 했어요."

"걱정할 것 없다."

"이미 한 걸 이제 와서 어떻게 해요."

"……?"

"그렇잖아요."

"앞으로는 그럴 필요 없다."

"안심하라는 뜻인가요, 아니면 상관 말라는 뜻인가요?"

"……?"

"대사형이 그런 말씀하실 때마다 기분이 이상해요. 꼭 언젠가 떠날 사람 같기도 하고."

나란히 걷던 은서령이 용악산을 곁눈질했다.

분위기가 어색해지자 은서령은 얼른 화제를 돌렸다.

"그나저나 세상이 너무 어수선해요."

"어수선한 정도가 아니다. 곧 전쟁이 일어날 것 같다."

"단순한 마도의 봉기로 끝나지 않을 거라고 보시는 건가요?"

"저들의 무력은 상상을 초월할 정도로 강하다. 지금의 무림맹은 저들의 남하를 막아낼 수 없어."

"그럼……."

"황하의 전선이 무너지는 건 시간문제다. 언제고 그때를
대비해야 한다."

*　　　*　　　*

"젠장, 도대체 어딜 간 거야?"

푹푹 찌는 날씨에 공춘보는 짜증이 머리 꼭대기까지 치밀
었다.

중요한 일로 용악산을 찾아나섰는데 도통 찾을 수가 없었
던 것이다.

'서령 사고와 저쪽으로 갑디다' 라는 이대 제자의 말만 믿
고 찾아나선 지 한 시진.

이쯤 되니 다른 생각이 솔솔 든다.

"냄새가 나, 냄새가."

"킁킁, 무슨 냄새 말이오?"

옆에서 하풍달이 코를 벌름거리며 물었다.

"혈기왕성한 청춘남녀가 갑자기 사라졌으니 무슨 냄새겠
나?"

"에에?"

하풍달이 목을 뒤로 쭉 빼며 설마 하는 표정을 지었다.

"솔직히 그럴 만도 하지. 한동안 떨어져 있어 보니까 이제

깨달은 거지.”

“설마.”

“솔직히 서령이가 좀 예뻐? 그리고 대사형은 뭐 남자 아니
냐?”

“아무리 그래도 그렇지, 아직 혼례도 안 치렀는데 뭐 별일
이야 있을라고.”

하풍달이 말을 하면서 게슴츠레한 눈으로 공춘보를 보았
다.

“녹음은 우거지고 숨을 데는 많고. 슬슬 구경이나 한번 가
볼까?”

공춘보는 뒷짐을 지고 팔자걸음을 옮겼다.

장원의 여기저기를 들쑤시고 다닐 때와는 달리 여유자적
했다.

“뭔 구경을 하겠다는 거요?”

“이 자식이 다 암시롱.”

“그래도 그건 좀.”

“싫으면 넌 오지 마.”

“뭐 짐작 가는 곳이라도 있소?”

하풍달이 얼른 공춘보의 곁에 붙으며 물었다.

“장원에 있을 때는 몰랐는데, 이제 뭘 하는지 알았으니 대
충 짐작이 가지, 암.”

“그곳이 어딘데?”

"장원 바깥 숲 속. 일전에 내가 대충 훑어보니 이맘때쯤이면 바닥에 보드라운 풀이 깔리면서도 한갓진 곳이 얼추 대여섯 곳은 되겠더라고."

"그런 건 또 언제 조사했소?"

"그런 걸 뭘 조사하냐. 그냥 눈에 띌 때마다 나중에 한 번쯤 써먹어야겠다 하고 기억해 두는 거지."

"하여튼, 못 말린다니까."

"다른 사람은 몰라도 너는 그렇게 말하면 안 되지. 내가 네놈의 과거를 모두 알고 있는데."

"내, 내가 무슨 과거가 있다고."

"얘가 이제 와서 시치미를 떼네. 네놈이 월향루에서 머리를 얹어준 기녀만 다섯이라는 걸 벌써 잊은 건 아니겠지?"

"그, 그거야 술김에."

"원래 역사는 술김에 이뤄지는 거야."

"끄응, 내가 말을 말아야지."

되도 않는 소리로 티격태격하는 사이 두 사람은 어느새 황소바위 앞에 도착했다.

바위 뒤편에 보드라운 풀이 잔뜩 깔려 있는데다 그늘까지 진 곳.

"이거 봐, 이거 봐. 풀이 잔뜩 누워 있잖아."

하풍달이 고개를 숙여보니 과연 공춘보의 말대로 풀이 여기저기 쓰러져 있었다.

"헐, 이거 정말인가 보네."

풀은 단순히 누워 있기만 한 게 아니었다.

여기저기 뭉치고 꺾이다가 바위 가까이에 이르러서는 소용돌이 문양을 만들고 있었다.

자국을 따라가던 공춘보의 시선이 거기서 딱 멈춰졌다.

"……!"

"왜 그러시오?"

"경험으로 미루어 볼 때 이건 필시."

"필시."

"강제로 한 게 틀림없어."

하풍달은 한동안 황당한 표정을 감추지 못하다가 버럭 소리를 쳤다.

"진짜 해도 해도 너무하네. 대사형을 안 지 오래되지는 않았지만 그 정도로 하질은 아니오."

"대사형은 남자 아니냐? 불쌍한 사매! 에잇!"

쾅!

누이를 빼앗긴 오라비의 마음이 이럴까.

괜스레 화가 난 공춘보가 황소바위를 향해 일 장을 내뻗었다.

그 순간 '쩌저적' 하는 소리와 함께 집채만 한 바위가 두 쪽이 나는 것이 아닌가.

"뜨헙!"

“허억!”

화들짝 놀란 두 사람이 후다닥 물러났다.

수박처럼 쩍 벌어진 바위는 근처의 관목들을 아작 내며 아직도 흔들리고 있었다.

공춘보는 자신의 주먹과 바위를 번갈아 보았다.

“내, 내가 무슨 짓을 한 거지?”

“도대체 어떻게 한 거요?”

“그, 글쎄, 나도 도통 어떻게 된 건지 모르겠네.”

“본인이 그래놓고 어떻게 된 건지 모른다니, 그게 말이 되오?”

“서, 설마?”

공춘보가 갑자기 눈동자를 부릅떴다.

“왜 그러시오? 무슨 일이 있소?”

“풍천장을 대성한 것 같아.”

“난 또 뭐라고. 쿡쿡쿠.”

하풍달이 삼베 바지 방귀 새듯 피식피식 웃어댔다.

“틀림없다니까. 풍천장을 대성한 게 틀림없어. 안 그러면 멀쩡하던 바위가 왜 갑자기 두 쪽이 났겠냐?”

“허구한날 빈둥빈둥 놀면서 대성하는 무공도 있소? 그리고 장력에 부숴지려면 폭발하듯 터져야지, 어떻게 칼로 자른 듯 저렇게 매끈한 단면이 나온단 말이오?”

“질투도 나겠지. 똑같이 놀았는데 나는 대성을 하고 네놈은 아직도 그 모양이니. 큭큭큭.”

“뭐요?”

“하지만 네놈이 아무리 뭐라고 그래도 분명하고도 확실한 증거가 있다. 바로 내가 저 바위를 때리는 순간 쪼개졌다는 말씀.”

하풍달이 곰곰이 생각해 보니 그건 그렇다.

공춘보가 일 장을 격타하는 순간 바위가 쪼개지지 않았는가.

“하, 거참, 이상하네.”

뒤통수를 벅벅 긁어보지만 딱히 반론이 떠오르질 않았다.

하지만 방법이 아주 없는 것은 아니었다.

“한 번 더 해보시오.”

“뭐?”

“한 번 더 해보라니까. 그럼 확실히 알 수 있지.”

“하라면 못할 줄 알고.”

공춘보는 반쪽 난 바위 앞에 두 다리를 벌리고 서더니 길게 심호흡을 했다.

단전으로 기운을 모은 다음 다시 한 번 일 장을 무섭게 뻗었다.

펑!

“……!”

"……!"

"바위는 멀쩡한 것 같은데."

잠시의 침묵이 흐른 후 하풍달이 말했다.

아무런 반응이 없어 고개를 돌려보니 공춘보가 손목을 잡고 바닥을 뒹굴고 있었다.

"뜨아아아아! 소, 손목이 부러진 것 같아!"

"쯧쯧쯧, 거 봐. 내 그럴 줄 알았다니까. 대성은 무슨."

잠시 후 두 사람은 다시 용악산과 은서령을 찾으러 나섰다.

손이 곰 발바닥처럼 퉁퉁 부어오른 공춘보는 발자국보다는 청력에 의지하는 것이 훨씬 찾기 쉽다며 연방 귀를 쫑긋거렸다.

그렇게 찾아 헤매기를 일다경.

두 사람은 저만치 어두컴컴하고 한갓진 숲에서 걸어나오는 용악산과 은서령을 만날 수 있었다.

"어머, 여기 웬일이세요?"

"그러는 사매야말로 여기 웬일이야?"

공춘보가 뱁새눈을 뜨고 물었다.

"예?"

은서령이 어리둥절한 표정을 짓자 하풍달이 공춘보의 옆구리를 한 번 꼬집어주고는 용악산에게 말했다.

"대사형, 한참 찾았습니다."

"나를?"

"북망동의 서문홍주가 뵙기를 청합니다."

"언제 말이냐?"

"빠르면 빠를수록 좋다고 했습니다. 매우 중요한 일인 것 같았습니다."

서문홍주가 만나잔다는 말을 전하면서 하풍달은 은서령의 눈치를 살폈다.

하풍달의 그런 시선을 눈치챘음인지 은서령이 활기차게 말했다.

"뭐 하세요. 빨리 가보세요."

용악산은 가볍게 고개를 끄덕이고는 저만치 사라졌다.

공춘보는 그런 용악산을 끝까지 노려보았다.

결국 용악산이 시야에서 사라지고 나서야 은서령을 아래위로 훑으면서 말했다.

"뭐 했냐?"

"뭘 하다뇨?"

"옷은 왜 그리 흠뻑 젖었어?"

"그야 땀을 흘렸으니까 그렇죠."

"땀은 왜 흘렸는데?"

"그야 힘드니까 흘렸겠죠. 날도 덥고요."

"더운 게 아니라 뜨거웠겠지."

"예? 대체 무슨 말씀을 하시는 거예요?"

보다 못한 하풍달이 버럭 소리를 질렀다.

“제발 그만 좀 하시오.”

그리고는 은서령을 향해 상냥하게 말했다.

“사매, 어서 가자고. 공 사형이 밑도 끝도 없는 소리 하는 게 어디 하루 이틀이야.”

“가만, 뭔가 좀 이상한데요?”

“이상하긴 뭐가 이상해. 자자, 가자고, 어서 가.”

하풍달은 고개를 갸웃거리는 은서령을 얼렁뚱땅 끌고 갔다.

*　　　*　　　*

“생각보다 얼굴이 좋은걸요. 잘 지내셨나 봐요.”

다탁을 마주하고 앉은 서문홍주는 예전과 다름없이 차분한 얼굴이었다.

하지만 그녀의 말은 어쩐지 용악산의 소원함을 탓하는 것처럼 들렸다.

“사매에게 들으니 많은 도움을 주셨다고요.”

“서령 소저가 이재에 워낙 뛰어나서요. 전 그냥 몇 가지 조언만 해준 것뿐인걸요.”

“봉황의 눈에 어찌 참새의 날갯짓이 들어오겠습니까. 칭찬으로 듣겠습니다.”

“사매가 그리 못 미더우세요?”

“……?”

“겸양으로 한 말이 아니었어요. 언젠가 그녀는 저를 넘어서는 여걸이 될 거예요. 내기를 해도 좋아요.”

서문홍주의 얼굴이 워낙 진지해 용악산은 약간 얼떨떨했다.

은서령이 이재에 밝다고?

돈이 생기는 족족 구휼에 쏟아붓는 녀석이?

용악산은 속으로 피식 웃고 말았다.

이재는 무공과 달라서 어쩌면 서문홍주의 말이 맞을 수도 있었다.

“제가 급히 보자고 한 건 알려드릴 게 있어서예요.”

“무슨 일입니까?”

“철갑기마대가 황하를 넘었다는 걸 알고 계세요?”

“……!”

용악산은 속으로 적지 않게 놀랐다.

그 말이 지닌 무게와 달리 그녀의 목소리는 가벼웠다.

“역시 모르고 계셨군요. 하긴 저도 오늘 아침에서야 전서구를 받았으니까요.”

“언제 말입니까?”

“중원에서 활동 중인 마인들이 헛소문으로 성동격서(聲東擊西)의 계를 펼치고 있어 정보의 진위를 파악하는 데 시간이 걸려요. 모두 정도무림의 혼란을 야기하기 위해서죠. 어림잡아도 여러 날이 지난 소식인 것만은 분명해요. 열흘간의 치열한 접전 끝에 무림맹이 대패하고 물러났다는군요."

소문에 따르면, 황하로 달려간 중원무림인들이 무려 이천에 육박한다고 했다.

무림맹 총단에서 달려간 본대부터 시작해 인근 문파의 무인들까지.

숫자도 숫자거니와, 그들 속에는 이름만 들어도 전율을 일으키는 고수가 얼마나 많을 것인가.

한데 그들이 무너졌다고? 불과 열흘 만에?

"신임 무림맹주인 천공성주와 한 사람의 격돌이 패인의 상당한 요인으로 작용했어요."

"철갑기마대 중에 천공성주를 상대할 만한 강자가 있었단 말이오?"

"북천마제(北天魔帝)! 그가 등장했어요."

십종가의 대가주이자 죽은 대종사와 쌍벽을 이루던 무적의 고수.

백발마존 천제강이 대종사의 자리에 오른 후 그는 일절 신교의 일에 관여를 하지 않았다.

천산 깊은 골짜기에 은거하면서 묵묵히 세월을 보냈을 뿐이다.

한데 그가 등장을 했다.

그리고는 또 다른 은거고수인 천공성주와 격돌을 했단다.

백 년에 한 번 있을까 말까 한 거인들의 격돌이었다.

한데 그 격돌이 무림맹에게는 패인으로 작용했다고?

그렇다면 북천마제가 천공성주를 꺾기라도 했단 말인가.

"듣자 하니 두 사람은 황하의 모래사장에서 아침부터 저녁까지 수천여 합을 나눴다는군요. 결국 첫 별이 뜰 무렵, 천공성주가 반수의 차이로 북천마제에게 패했어요. 그 바람에 무림맹의 사기가 땅에 떨어졌다고 해요."

"사기가 중요하긴 하지만 전쟁은 한두 사람의 승부로 결정되는 것이 아니오."

천시와 지리에 용병의 전술이 만나 승패를 결정짓는, 고도로 복잡하면서도 힘겨운 싸움이 전쟁이다.

십전십패를 하다가도 뛰어난 전술 한 번이면 단번에 판세를 뒤집을 수도 있는 게 전쟁이다.

그리고 그런 전투에 중추적인 역할을 하는 사람들은 최정점에 있는 절대고수들이 아니라 현장에서 무인들을 진두지휘하는 십인장, 백인장 급의 중견 고수들이다.

그런데 어찌 그렇게 쉽게 수세에 몰릴 수 있단 말인가.

"고수의 가뭄 때문이죠. 중원무림은 정마대전에서 너무 많은 중견 급 고수들을 잃었어요."

용악산은 그제야 납득이 됐다.

모두가 오랜 정마대전의 영향이다.

무림맹이 정마대전에서 수많은 고수들을 잃는 사이 십종

가는 자신들의 전력을 고스란히 비축하며 오늘을 기다려 온 것이다.

결국 공동 상태나 다름없는 중원무림을 훔치고 있었다.

"하지만 진짜 패인은 따로 있었어요."

"그게 무엇입니까?"

"두 거인의 격돌이 있은 직후 곳곳에서 산발적인 전투가 있었죠. 한데 어쩐 일인지 철갑기마대는 무림맹의 작전을 손바닥 보듯이 알고 있었다고 했어요."

그것 역시 십년지동의 결과다.

십 년이면 간자를 심어두기에 충분한 세월. 아마 무림문파 곳곳에 한두 명씩은 포진해 있을 것이다.

그것도 고급의 정보를 접할 수 있는 요직에.

그에 반해 무림맹은 그 실체조차 모호했던 십종가에 간자를 심어둘 수가 없었다.

무림맹은 내부의 간자들을 색출하지 않고서는 절대 이 전쟁을 이길 수 없다.

"철갑기마대는 어디로 향하고 있습니까?"

"흩어졌어요."

"무슨 말입니까?"

"말 그대로예요. 황하를 넘어서면서부터는 세 개의 무리로 흩어졌어요. 첫 번째는 북천마제가 이끄는 오백의 정예들로, 하남의 무림맹 총단으로 향했어요."

천공성주를 쓰러뜨린 무적의 고수가 오백의 정예를 이끌고 하남으로 향하고 있다.

노리는 것은 분명하다.

그는 그동안 중원무림의 태두로 군림해 왔던 무림맹 총단을 탈환함으로써 자신이 천하의 주인임을 천명하려는 것이다.

그렇게 되면 이장도를 밀어내고 새로운 무림맹주가 된 천공성주의 계획은 백일천하로 끝나는 것인가.

이어지는 서문홍주의 말은 더욱 놀라웠다.

"그들의 기동성을 고려할 때 지금쯤이면 도착했을 거예요. 무림맹 총단이 얼마나 대비를 하고 있었느냐에 따라 다르겠지만, 어쨌든 기습전의 양상을 띠게 될 건 분명해요. 그런 경우 십중팔구 습격을 하는 쪽이 유리하죠. 황하의 전투에 동원한 병력을 빼면 하루 만에 함락될지도 모르죠. 앞서도 말했지만 제게 들어오는 정보의 신뢰도가 낮기 때문에 하루 이틀의 편차가 있을 수도 있고요."

하루 이틀의 편차라면 이미 무림맹이 저들의 수중에 떨어졌을 수도 있다는 얘기였다.

설사 그렇다고 하더라도.

"하루? 단 하루 만에 끝나리라고 보는 것이오?"

"황하에서 벌어진 일련의 전술을 살펴보면 북천마제는 모든 걸 치밀하게 계산한 후에 움직이고 있어요. 그는 하루면 충분하다고 생각하는 것 같아요. 필시 어떤 복안이 있겠죠. 제 생각엔 그것이 하남의 상방들 중 상당수가 가세할 것이기 때문인 것 같아요."

"하남의 상방이 가세할 거라는 건 어떻게 아는 겁니까?"

"처음엔 몰랐죠. 하지만 철갑기마대가 남하하면서 가세한 상방들을 조사해 봤더니 모두가 십 년 안팎의 신생 상방들이더군요. 오래되었다고 해도 십 년을 전후로 방주가 바뀌었거나요. 하남에는 그런 상방이 열 곳이나 돼요. 그들 모두의 무력을 병력 수로만 단순화시켜 말하면 천여 명에 육박해요. 달려가는 사람은 오백이지만 총단을 공격할 때는 천오백으로 불어나게 된다는 말이죠. 이미 대패해 물러난 무림맹이 남은 병력으로 천오백을 상대하면서 하루라도 버틸 수 있다면 다행이죠. 그리고 북천마제로서는 반드시 하루 만에 무림맹을 함락해야 하는 이유가 있어요."

"소림과 개방!"

"맞아요. 무림맹 총단을 중심으로 좌측에는 무림의 태산북두 소림사가, 우측에는 천하제일의 거방 개방이, 마지막으로 아래에는 무당이 있지요. 이 중 무당을 제외하고는 모두 하루의 거리예요."

하루 만에 무림맹이 북천마제가 이끄는 철갑기마대의 수중에 떨어진다?

그것이 현실로 이루어진다면 중원무림은 한 치 앞을 내다

볼 수 없게 된다.

시종일관 차분한 그녀의 말이 계속 이어졌다.

"두 번째는 가장 많은 일천의 철갑기마대가 섬서로 향했어요. 역시 섬서에 숨어 살던 마인들이 가세하겠죠. 단지 병력의 숫자만 많은 것이 아니라 십종지룡이 이끄는 병력들보다 훨씬 강력한 무력을 자랑해요."

"그렇게 판단하는 근거는?"

"십종가에 대해 얼마나 알고 계세요?"

십종가에 대해 얼마나 아느냐고?

그들의 뿌리에 난 잔털까지 안다고 하고 싶었지만 용악산은 그렇게 말할 수 없었다.

사실 최근에 들어서는 자신이 십종가에 대해 얼마나 알고 있는지 회의가 들기도 했다.

그런데 서문홍주는 왜 이런 말을 하는 것일까?

말하는 품세를 보면 그녀는 십종가에 대해 상당히 알고 있는 눈치였다.

그녀의 입에서 쏟아지는 말을 들어보니 과연 그랬다.

"사람들은 과거 천마신교를 일컬어 두 개의 하늘에 뜬 하나의 태양이라고들 했지요. 하나의 태양은 말할 것도 없이 자타가 공인하는 무적의 고수 백발마존 천제강이죠. 두 개의 하늘은 바로 마도백가와 십종가예요. 이 중 마도백가는 그 이름에서도 알 수 있듯이 백 개의 지파가 하나로 뭉쳐져 만들어진 거대 마가(魔家)죠. 그에 반해 십종가는 백발마존이 마도를 일통하기 전 마도를 지배하던 강력한 열 개의 가문이 뭉친 곳이에요. 반백 년의 세월 동안 정략결혼을 통해 이제 하나의 혈족으로 뭉쳤다고는 하지만 여전히 지가의 무공은 건재하죠."

용악산은 그녀가 생각보다 소상히 알고 있는 것에 놀랐다.

특히나 지가의 무공이 건재하다는 대목에서는 그녀의 불가사의한 정보력에 감탄을 금할 수 없었다.

"구마종(九魔宗), 그들이 철갑기마대와는 별도로 휘하의 절정고수 일백을 이끌고 섬서로 향하고 있어요."

오늘 그녀에게 들었던 것 중 가장 놀라운 말이었다.

구마종은 십종가의 노고수 구 인을 일컫는 말이다.

십종가라는 이름으로 뭉쳤지만 불과 오십 년 전만 해도 그들은 일가의 가주로서 남부러울 게 없는 사람들이었다.

그리고 지금은 십종대가주를 모시는 봉신들로, 하나하나가 극강의 무공을 자랑하는 고수들이다.

그들이 이끄는 일백의 정예들은 또 어떤가.

구마종이라는 이름에 가려져 있지만 장산벽에게는 대부분 백부나 숙부, 혹은 사형뻘들이 되는 고수들이다.

그들이 철갑기마대를 앞세우고 섬서로 진격하고 있다.

세 갈래로 나뉜 것 중 가장 막강한 무력을 할애한 이유는 분명했다.

섬서에서 화산과 종남파를 친 다음 내처 사천까지 진격해 당문, 아미, 청성파까지 무릎 꿇게 할 작정인 것이다.

섬서와 사천에서도 마찬가지로 상당수의 마인들이 가세할 게 분명했다.

순식간에 중원무림이 격동의 소용돌이 속으로 빨려들어가고 있었다.

용악산은 자신도 모르게 눈을 지그시 감았다.

서문홍주는 지혜로운 여자였다.

용악산이 지금까지의 일들을 머릿속에서 정리하려 한다는 것을 알고는 묵묵히 기다려 주었다.

그녀가 주담자를 기울여 찻물을 우려내는 동안 용악산은 생각에 잠겼다.

장산벽이 어떤 식으로든 봉기를 할 거라고는 생각했지만 이처럼 빠르게, 그것도 정면 돌파를 감행할 거라고는 생각도 못했다.

더구나 북천마제까지 등장할 줄은.

북천마제가 수장의 역할을 하지만 사실상 이 모든 작전은 장산벽의 머리에서 나온 게 분명했다.

용악산은 다시 차근차근 되짚어 보았다.

일의 시작은 역시 군문의 요동별기군으로 위장하고 있던 오백의 병력이 북평마가를 친 것이다.

거기서 오천 필의 말을 확보했고 계속 남하하면서 흩어져 있던 마인들이 속속들이 합류했다.

그들은 북평마가에서 탈취한 오구마를 타고 무서운 속도로 진격했다.

이번 거사의 핵은 바로 북평마가에서 탈취한 오천 필의 말이다.

두 번째가 그들이 향하는 지방마다 포진해 있던 암중의 세력들이었다.

대규모의 병력이 이동을 하면 반드시 엄청난 양의 식량이 필요하게 마련이었다.

식량의 보급과 공수는 병력의 이동을 더디게 만들며 적들로 하여금 움직임을 눈치채게 만든다.

한데 이미 지방마다 조력 세력이 있으니 식량의 보급이 필요없는 것이다.

덕분에 무림으로서는 유래가 없을 만큼 모든 무인들이 말을 타고 이동을 하면서도 체력의 낭비 없이 이처럼 발 빠르게 움직일 수 있는 것이다.

그야말로 전 무림이 기습을 당했다고 해도 과언이 아니었다.

저들은 십 년 전부터 북평마가를 염두에 둔 것이 틀림없었다.

누굴까.

북평마가를 염두에 두고 그곳에서 가까운 군문에 십종가의 무인들을 무림군으로 위장해 심어둘 정도로 경천동지할 지략을 짜낸 사람은.

볼 것도 없이 장산벽이다.

그가 아니라면 이처럼 치밀하고도 허를 찌르는 계획을 생각해 낼 수 있는 사람이 없다.

무공과 지략을 겸비한 자.

용악산은 상념을 끝내고 서문홍주를 바라보았다.

지금은 그것보다 더 중요한 문제가 있었다.

그의 눈동자에 정광이 번뜩였다.

"마지막 하나는 강동이겠지요?"

용악산의 물음에 서문홍주는 대답 대신 고개를 끄덕였다.

"전력은 어떻게 됩니까?"

"그게 좀 뜻밖이에요."

"뜻밖이라 하심은?"

"강동 지역은 상대적으로 이렇다 할 무림문파가 적은 편인데도 가장 강력한 무력이 동원됐어요."

"자세하게 설명해 주시겠습니까?"

"설명하고 말고 할 것도 없어요. 십종지룡. 그가 멸천대와 원래의 요동별기군 오백을 이끌고 남하하고 있어요. 그런데 그 요동별기군을 이끄는 아홉 명의 장수가 십종지룡 못지않은 거물들이에요."

"설산구룡!"

"맞아요."

구마종의 아들들이다.

장산벽과는 호형호제하며 함께 무공을 배우며 자란 마가의 적통 후계자들.

어려서부터 수많은 선단영약과 마공으로 영웅의 수업을 받았던 이들.

그들이라면 장산벽 못지않다고 할 수 있었다.

당장 장산벽이 죽는다면 그들 중 누군가가 그 자리를 차지할 만큼.

강동은 시대에 따라 조금씩 다르지만 장강을 중심으로 한 동쪽 지역, 즉 산동을 비롯한 강소, 안휘, 절강, 복건 등을 일컫는다.

강소 땅에는 그곳의 대가주가 마도 대종사의 가슴에 장창 한 자루를 박은 후 장렬하게 전사함으로써 그 이름을 천하에 떨친 신창양가가 있다.

안휘에는 당금 천하제일의 세가이자 백일천하로 끝난 천공성주의 강력한 지지 기반이었던 남궁세가가 있다.

신창양가에 이어 남궁세가가 떨어지면 이제는 항주다.

흉년에도 물자가 넘쳐 난다는 중원 최대의 상업 도시.

단시일 내에 강력한 경제적 기반을 마련할 수 있을 터였다.

비단 경제적 문제뿐만이 아니다.

항주를 장악하면 경항운하와 장강, 동해를 통해 동서남북으로 이어지는 사통팔달의 교두보를 확보하게 된다.

이건 금룡문이 항주에 뿌리를 내리기 위해 동분서주했던 것과는 차원이 다른, 중원 전역을 무대로 한 싸움이다.

하지만 장산벽이 굳이 항주가 있는 강동 지역을 택한 것은 그 모든 것보다 더 중요한 이유가 있었다.

용악산이다.

죽은 마도 대종사와 마도백가의 무맥을 이은 유일한 적통 후계자.

그는 반드시 용악산을 제거하려 할 것이다.

서문홍주는 더 이상 십종가의 행보에 대한 말을 하지 않았다.

용악산도 더 이상 묻지 않았다.

그녀가 자신을 보자고 한 이유를 명확히 알았기 때문이다.

대비를 해야 한다.

파죽지세로 내려오는 저들과 맞서 싸우려면 충분한 대비를 해야 한다.

"방주의 도움이 필요합니다."

용악산의 말에 찻물을 따르던 서문홍주가 고개를 들었다.

"제가 도울 수 있는 일이 뭐가 있을까요?"

"인근에 흑시(黑市)가 열리는 곳이 있습니까?"

第六章
초대받지 않은 손님들

天山刀客

어둠이 내린 저녁이었다.

용악산이 서문홍주와 독대를 하고 있을 그 무렵.

검은 죽립을 눌러쓴 한 무리의 흑의인들이 북망동을 걷고 있었다.

그들의 곁을 지나치던 사람들은 전신의 털이 곤두서는 느낌을 받았다.

마치 저승의 우물에서 길러낸 물을 한 바가지 뒤집어쓴 기분이랄까.

북망동은 무림맹도 어쩌지 못한 흉신악살들이 모여 있는 곳이고, 또 자신들 역시 그런 사람들이었지만 결단코 이런 서늘한 느낌은 처음이었다.

혹의인들은 더도 덜도 아닌 딱 다섯 걸음 뒤에서 한 여자를 호위하듯 따르는 중이었다.

여자는 청백색이 단아하게 어우러진 궁장을 입었는데, 그게 혹의인들과 묘한 대조를 이루었다.

아름다운 꽃은 백 리 밖에서도 향기를 내뿜는다 했던가.

비록 면사로 가려져 있지만 은은하게 비치는 얼굴의 그림자는 그녀가 빼어난 미인이라는 걸 짐작케 했다.

여인 역시 북망동에는 어울리지 않는 그림이었다.

흉신악살들이 대낮에도 활보하는 곳에 저런 미인이 밤길을 걷다니.

만약 혹의인들이 없었다면 여자는 채 오십 걸음도 떼지 못해 증발했을 것이다.

북망동에서 사라진다면 찾을 생각을 말아야 한다.

하지만 오늘은 그럴 일이 없었다.

여인의 뒤를 따르는 혹의인들의 기세도 기세였지만 이곳 북망동에서는 제법 유명한 인사 하나가 그녀의 곁에 서 있었기 때문이다.

"시선이 불편하시더라도 조금만 참으십시오."

대쪽처럼 마른 체구에 기형검을 찬 지옥혈마는 여인을 대함에 있어 공손하기 짝이 없었다.

"개의치 마세요."

면사 너머로부터 옥음이 흘러나왔다.

"한데 그는 왜 만나려고 하시는지……."

"혈노."

"하명하시지요."

"제가 하는 일은 모를수록 장수를 하시는 길이에요."

"이런, 제가 그만 쓸데없는 질문을."

궁장여인의 기도가 갑자기 싸늘하게 변하는 걸 느낀 지옥혈마는 황급히 말을 주워 담았다.

한줄기 식은땀이 그의 귀밑머리를 따라 흘러내렸다.

모든 게 이놈의 궁금증 때문이었다.

과거 환희방주를 한번 보고 싶다는 욕심에 비명횡사할 뻔한 것도 모두 그놈의 궁금증 때문이었다.

그리고 지금도 그 버릇을 버리지 못하고 쓸데없는 소리를 한 것이다.

한때는 십보무적이라 불리며 천하를 종횡했던 그였지만 눈앞의 여인의 신분을 생각하면 자신은 한없이 초라한 존재였다.

그녀의 가벼운 눈짓 한 번이면 자신은 저 흑의인들에 의해 눈 깜짝할 사이에 참수당할 것이다.

돌이켜 보면 세상엔 강자가 너무 많다.

이런 때는 십보무적이라는 별호가 왠지 부끄러웠다.

어쨌든 천수를 누리기 위해서는 조심 또 조심해야 했다.

그때 저만치 주루 앞에 한 사내가 서 있는 것이 보였다.

'아니, 저자는!'

표범처럼 날렵한 체구에 강인한 턱 선을 지닌 사내는 묵직한 중검 한 자루를 가슴에 품은 채 벽에 기대어 있었다.

삐딱하게 기대선 품이 주루에서 고용한 칼잡이쯤 되는 것 같았지만 절대 그렇지 않았다.

사내는 북망동 사람이 아니기도 했거니와, 일개 주루에서 기용하기엔 부담스런 존재였다.

거리가 점점 좁혀지고 이윽고 서로가 지나쳐 가게 되었을 때쯤 사내의 시선이 지옥혈마에게 꽂혔다.

그를 알아본 것이다.

"아직도 살아 있었군."

"이런, 건방진!"

지옥혈마는 한순간 발끈했다.

놈과는 묵은 빚이 있는 사이.

당장 칼부림을 벌여도 이상할 것이 없었지만 그래도 새파랗게 젊은 놈이 하대라니.

한순간 흥분했던 지옥혈마는 여인과 흑의인들을 의식하고 이를 악물었다.

지금은 귀한 손님들을 모시는 자리.

경거망동을 해서 저들의 정체를 노출시키기라도 한다면 큰 낭패였다.

하지만 강호의 노선배로서 한마디 일침만큼은 가하지 않을 수 없었다.

여인이 지켜보고 있는데 체면이라는 것이 있지 않은가.

"내가 강호를 활보한 세월이 네놈이 산 세월보다 두 배나 많다. 제아무리 막돼먹기로서니 네놈은 어른도 몰라보는 것이더냐."

"어른이 딸 같은 여자에게 못된 짓을 하니 말이지."

"무슨……!"

"당신이 내 사매를 욕보이려 했던 걸 잊지 않았겠지? 그때 생각을 하면 당장에라도 목을 따주고 싶지만 오늘은 손님들을 봐서 참도록 하지."

사내는 말을 하면서 궁장여인과 흑의인들을 힐끗 보았다.

"이런 발칙한 놈이!"

지옥혈마의 손이 허리춤으로 가는 순간 전음이 들려왔다.

[혈노!]

"끄응, 내 오늘은 참는다만 부디 살아 있거라. 내 손으로 네놈의 명줄을 끊어놓을 날도 멀지 않았은즉."

"기다리겠다."

그것을 끝으로 지옥혈마는 걸음을 재촉했다.

뒤통수에 느껴지는 사내의 시선이 오래도록 떨어지지 않았지만 그는 걸음을 재촉할 수밖에 없었다.

지금은 작은 시비에 연연할 때가 아니기 때문이었다.

사내와 어느 정도 거리가 만들어졌을 때 여인이 말했다.
"보기 좋군요."
"오해입니다. 놈의 사매를 욕보이려 한 것이 아니라……."
"그런 건 상관없어요."
"……?"
"하지만 강동 육사자(江東 六使者)께서 약관의 젊은이에게 괄시를 받는다는 걸 알면 대가주께서 크게 실망하실 거예요. 이곳이 아무리 북망동이라고 해도."
대가주가 언급되는 순간 지옥혈마는 또 한 번 공포를 느꼈다.
그게 아니라고 어떻게든 변명을 해야 했다.
"실은 저놈이 서너 달 전에 제게 한 번 호되게 당한 적이 있습니다."
"호되게 당한 사람치고 상당히 용감하더군요."
"기연이라도 얻었는지 그때와 많이 달라지긴 했습니다만, 놈은 여전히 제 적수가 안 됩니다. 그건 믿어도 좋습니다."
"먼저 믿음을 보여주세요."
지옥혈마는 또 한 번 궁지에 몰리는 것을 느꼈다.
하지만 그에겐 한 수가 아직 남아 있었다.
"놈을 저렇게 만든 건 필시 놈의 사형일 겁니다. 일사자께서도 들어보셨을 겁니다. 천산도객이라고……."
"……!"

호기심의 수준이 아니었다.

면사 너머로 새파란 안광이 쏟아지는가 싶더니, 그녀가 걸음을 우뚝 멈췄다.

"방금… 천산도객이라고 하셨나요?"

"그렇습니다. 저놈은 천산도객의 셋째 사제로, 이름은 표자룡이라고 하지요."

여인이 고개를 돌려 자신들이 지나온 골목을 보았다.

그 골목의 끝에는 아직도 표범 같은 사내가 담벼락에 비스듬히 기대서 있었다.

시선은 이미 다른 쪽을 향하고 있었지만 그 형체는 뚜렷하게 잡혔다.

"그가 지금 이곳에 있나요?"

"저 주루는 환희방에서 운영하는 것이죠. 아마 천산도객이 환희방주를 만나러 온 모양입니다. 저놈은 바깥에서 기다리는 듯하고요."

"천산도객이 환희방주와 아는 사이인가요?"

"이야기를 하자면 좀 복잡합니다만."

"최대한 간단하게."

"아실런지 모르겠지만 천산도객은 처음부터 금룡문의 제자가 아니었습니다. 반년 전 그가 갑자기 이곳으로 흘러들어왔고 그때까지만 해도 항주 외각의 작은 무관에 불과했던 금룡관의 장제자가 되었지요. 그때 환희방주가 금룡관이 항주

에서 개파를 할 수 있도록 큰 도움을 주었습니다. 그 이후로
는 저렇게 긴밀하게 교류를 하는 눈치더군요."

"그 천산도객이라는 자와 겨루어본 적이 있나요?"

지옥혈마는 잠시 눈을 감았다가 뜬 후 무겁게 입을 열었다.

"부끄럽지만 저는 그의 적수가 아니었습니다. 십종지룡이
놈에게 잡힌 것도 결코 우연이 아니……."

지옥혈마는 미처 말을 끝내지 못했다.

면사 너머의 파란 안광이 뿜어내는 살기가 걷잡을 수 없이
짙어졌기 때문이다.

"이런, 제가 또 실수를."

"저는 두 번의 실수를 용납하지 않아요. 오늘 당신을 살려
두는 것은 그를 만나야 하기 때문이라는 것만 명심해 두세
요."

"죄, 죄송합니다."

지옥혈마가 사과를 하고 나서야 그녀의 파란 안광이 잦아
들었다.

"천산도객이 제아무리 고수라고 해도 그분을 당할 수는 없
어요. 그분이 잡힌 건 실력이 모자라서가 아니에요."

그녀가 말하는 그란 당연히 십종지룡이었다.

지옥혈마는 실력이 모자라서가 아니라는 말이 무슨 뜻인
지 묻고 싶은 걸 참느라 혀를 깨물어야 했다.

두 사람이 다시 길을 재촉하려는 순간 주루에서 한 사람이

나오는 게 보였다.

지옥혈마가 말했다.

"저놈이 바로 그 천산도객입니다."

지옥혈마의 말이 떨어지기가 무섭게 표자룡이 천산도객에게 무언가를 속삭였다.

천산도객이 지옥혈마와 궁장여인이 있는 쪽을 향해 고개를 돌렸다.

여인과 천산도객의 시선이 허공에서 잠시 교차했다.

밤이었고 불빛 하나 없는 골목길인데다 거리까지 너무 멀어 얼굴을 확인하기에는 역부족이었다.

하지만 서로를 향한 시선만큼은 느낄 수 있었다.

천산도객은 이내 흥미를 잃은 듯 등을 돌려 그의 사제 표자룡과 함께 반대편 어둠 속으로 사라졌다.

그가 사라진 후에도 여인은 한동안 그의 뒷모습을 바라보다가 다시 걸음을 재촉했다.

"그녀는 어떤 사람인가요?"

그녀가 이번에는 환희방주에 대해 물어왔다.

"하늘이 내린 상재(商才)죠. 돈이 흐르고 모이는 곳을 귀신같이 압니다."

"그 정도인가요?"

"경국지색이라는 말도 있죠."

"말도 있다?"

"애석하게도 아직 한 번도 그녀를 보지 못했습니다."

그 말이 자신의 무능함을 드러내는 것 같아 지옥혈마는 얼른 살을 붙였다.

"저뿐만이 아니라 이곳 북망동에서 그녀의 얼굴을 아는 이들은 환희방의 접주들 외에는 단 한 명도 없습니다. 철저한 은둔자입니다."

"이해할 수 없군요. 북망동에는 통제할 수 없는 고수들이 우글거린다고 하던데, 어찌하여 장원의 담벼락을 넘지 않은 거죠?"

담벼락을 넘는다는 말은 곧 그녀에게 못된 짓을 한다는 말이다.

확실히 북망동이라는 곳의 특수성을 고려해 보면 그런 일이 수백 번은 생겨도 벌써 생겼어야 했다.

더구나 그런 정도의 미모를 갖춘 여자라면 말이다.

"그게 한 가지 확인되지 않은 소문 때문입니다."

"무슨 소문이죠?"

"환희방주가 누군가의 여자라는 소문이죠."

"확인되지도 않은 소문 때문에 호기심이라면 주체를 못하는 혈노께서도 월장을 하지 않았다고요?"

"그자의 면면을 알면 저를 이해하실 수 있을 겁니다. 이곳에선 그의 말이 곧 법이죠. 누구든 그의 눈 밖에 나면 살 생각을 말아야 합니다."

"그가 누구죠?"

"우리가 지금 만나려고 하는 바로 그 사람입니다."

＊　　　＊　　　＊

그는 허름한 주루의 이층 객실에서 홀로 술을 마시고 있었
다.

술꾼은 단번에 표가 나는 법이다.

게게 풀어진 눈은 초점을 잃었고 검은 바닥에 대충 널브러
져 있었다.

풍채는 또 어떤가.

난쟁이라는 소리를 겨우 듣지 않을 만큼의 땅딸막한 체구
에 어깨는 여인들의 그것처럼 좁았고 팔목은 닭 모가지 비틀
힘도 없을 만큼 가냘팠다.

평생 투전판이나 들락거리다가 늘그막에 술병까지 얻어
죽을 날만 기다리는 사람이 있다면 딱 저런 노인일 것이다

'저런 사람이 북망동의 제왕이라고?

여인은 속내를 숨기고 공손히 대례를 올렸다.

"시간을 내어주서서 감사합니다."

"천산에서 왔다고?"

북망동의 제왕 야천왕의 입에서 체구와는 달리 걸쭉한 목
소리가 흘러나왔다.

어찌나 탁한지 목소리에서조차 쉰내가 나는 것 같았다.

"그렇습니다."

"천산의 마귀들이 나를 볼 일이 무에 있을까?"

"십종가의 대가주께서 저에게 직접 당신의 진언을 전하라 하셨습니다."

"훗!"

야천왕은 실소를 흘리더니 술을 병째로 마신 후에 다시 입을 열었다.

입가에는 조소를 머금은 채로.

"무슨 놈의 종가가 열 개씩이나. 쿡쿡, 자넨 북천마제라는 늙은이와 어떤 사이인가?"

"어미가 죽은 후 그분께서 저를 돌보아주셨지요."

"자네 이름이……?"

"단소운이라고 합니다. 본가와 강동십이사자(江東十二使者)와의 연락망을 책임지고 있지요."

"그렇군. 들어본 적이 있지. 마도에 천한 이의 몸을 빌려 태어난 파란 눈의 신령한 아이가 있다고."

그건 십종가에 전해져 내려오는 비밀스런 이야기였다.

하늘은 이따금 기이한 능력자들을 세상에 내보낸다.

상자 속에 든 물건을 보지도 않고 알아맞히거나 한 번 본 것은 절대 잊는 법이 없는, 경이적인 기억력의 소유자들.

이는 평생 무공을 닦아도 도달할 수 없는 천인의 경지, 곧

영매술(靈媒術)의 일종이다.

그중에서도 궁장여인 단소운은 천이통(天耳通)의 능력을 타고났다.

천이통의 경우 천 리 밖의 소리를 듣는 것과 천 리 밖의 사람에게 말을 전해주는 능력의 두 가지가 있는데, 그녀는 후자였다.

수식의 의미에서 천 리라고 했지만 사실 천이통의 능력은 거리에 구애받지 않았다.

유일한 어려움이라고는 주술적인 의미의 몇 가지 부적을 준비한 상태에서 한 시진 정도 고도의 집중력을 발휘해야 한다는 것.

그렇다 해도 경이적인 능력이었다.

한 시진이면 이곳 항주에서 저 멀리 대륙의 서북쪽 천산에 있는 사람에게 이곳 소식을 전할 수 있는 것이다.

그게 그녀가 강동십이사자와 본가의 연락망을 책임지게 된 이유였다.

말이 연락망을 책임진다는 것이지, 사실상 십종가 내에서 그녀의 위치는 상당히 높았다.

정식 직함은 강동 총타주.

지옥혈마를 비롯해 강동 지방 전역에서 활동 중인 십이사자들이 모두 그녀의 명령을 따라야 했다.

야천왕이 자신에 대해 생각보다 깊이 아는 것 같아 단소운은 적잖게 놀랐다.

하지만 이어지는 그의 말은 더욱 그녀를 놀라게 했다.

"놀랄 것 없네. 북망동엔 자네처럼 천산에서 온 친구들이 꽤 있지. 그들 중에는 자네의 수족 노릇을 하고 있는 저 늙은이보다 강한 친구들도 있다네."

야천왕이 말을 하면서 저만치 뒤쪽에 앉아 있는 지옥혈마를 가리켰다.

단소운의 표정이 약간 흔들렸다.

지옥혈마는 원래 항주의 동태를 파악하기 위해 파견된 사람이었다.

그러다 북망동이란 곳의 존재를 알게 되었고, 그곳이 지닌 잠재된 힘을 깨닫고는 거의 북망동의 고수들을 포섭하는 일에 매달렸다.

따라서 항주 일대에서 암약하는 마인들은 모두 지옥혈마의 명을 받고 그를 중심으로 뭉쳤다.

한데 그 속에 지옥혈마보다 강한 천산 출신의 마인은 없었다.

적어도 지옥혈마의 보고에 따르면 그랬다.

만약 야천왕의 저 말이 사실이라면 지옥혈마의 보고에 허점이 있다는 말이 된다.

누굴까, 지옥혈마보다 강한 천산의 마인들이라면?

"그래, 그가 내게 전하라 한 진언은 무엇인가?"

"대가주께서는 항주의 북망동에 세상을 놀라게 할 은거고
수가 계시다는 얘기를 듣고 무척 흥미를 느끼셨습니다."

"그래서?"

"기회가 닿으면 꼭 교분을 나누고 싶다고 하시며……."

"자신의 밑으로 들어와라?"

야천왕이 술병을 기울여 술을 마시면서 말했다.

그는 이야기를 하는 와중에도 술병을 손에서 놓지 않았다.

"대가주와 손을 잡으시면 좁은 북망동에서 벗어나 마음껏
웅지를 펼칠 수 있을 겁니다."

"내가 아니라 북망동이 지닌 힘이 필요했던 게로군."

"육사자께서는… 북망동이 곧 당신이라고 하더군요."

단소운이 육사자 지옥혈마를 슬쩍 보며 말했다.

"쯧쯧쯧, 신령한 아이라 해서 뭔가 다를 줄 알았더니, 실망
이군."

"……?"

"난 한 번도 북망동이 좁다고 느껴본 적이 없네. 웅지니 뭐
니 하는 것도 없고 말일세. 얘기 끝났으면 그만 돌아가게."

너무나 쉽게 나오는 야천왕의 축객령에 단소운의 표정이
싸늘해졌다.

"대가주의 권주를 마다한 사람들은 꼭 벌주를 받았지요."

"이제야 본색을 드러내는구만."

"어젯밤 무림맹 총단이 대가주의 수중에 떨어졌습니다. 섬

서에서는 화산파와 종남파가 무너졌고, 오늘 새벽에는 신창양가가 한나절 만에 십종지룡과 설산구룡이 이끄는 철갑기마대에게 항복을 했습니다. 이제 안휘의 남궁세가를 치고 난 다음엔 바로 항주입니다. 현재 철갑기마대의 행군 속도로 볼 때 불과 보름도 걸리지 않을 거리입니다."

"내게 말하고자 하는 것이 무엇인가?"

"철갑기마대가 항주로 진군할 때 선봉대가 되어주십시오. 모든 거사가 끝난 후에는 대가주께서 친히 옆자리 중 한 곳을 내어주실 겁니다."

"그가 나를 잘못 봐도 한참 잘못 봤구만. 보시다시피 나는 이미 천하를 도모하기에는 너무 늙어버렸다네."

"기회란 매양 오는 것이 아닙니다. 스스로 머리를 조아리는 것과 강제로 조아리는 것은 큰 차이가 있지요."

단소운의 말이 점점 서슬을 띠고 있었다.

결국 스스로 무릎 꿇지 않으면 강제로 무릎을 꿇게 해주겠다는 것, 그때는 채찍은 있되 당근은 없을 것이란 얘기였다.

젊은 단소운의 거듭되는 협박에도 불구하고 야천왕은 눈썹 하나 움직이지 않았다.

그는 호리병에 든 술을 한 모금을 마신 다음 천천히 입을 열었다.

그 입을 통해 지금까지와는 달리 묵직한 목소리가 흘러나왔다.

"아무래도 좀 더 직설적으로 얘기를 해야 알아들을 모양이구만."

"……?"

"그가 천하를 삼키든 항주를 쑥대밭으로 만들든 내 상관하지 않겠네. 하지만 내 허락 없이 이곳 북망동으로 들어오는 이가 있다면 단 한 사람도 살려 보내지 않을 걸세. 육사자인지 뭔지 하는 저 늙은이에게 물어보면 알겠지만, 나는 이곳에서 제법 힘을 쓴다네."

야천왕의 눈빛이 갑자기 사나워졌다.

사방 스무 평 정도 되는 공간이 찐득찐득한 살기로 메워졌다.

다섯 명의 흑의인이 즉각 반응을 했다.

살기를 냉기로 채우며 몸을 일으킨 것이다.

그들의 손은 이미 허리춤에 찬 검을 잡고 있었다.

단소운이 즉각 손을 들어 제지하지 않았다면 한바탕 칼부림이 났을 상황.

"끝까지 대가주의 뜻을 거스르겠다는 것인가요?"

"말귀를 못 알아듣는군. 난 건드리지 않으면 얌전히 있겠다고 했네."

"도대체 왜죠? 한 걸음만 왼쪽으로 오시면 무한한 부와 권세를 모두 누리실 수 있어요. 굳이 이런 시궁창 같은 곳에서 썩겠다는 이유를 모르겠군요."

“이젠 여기가 내 집일세.”

더 이상의 대화는 의미가 없었다.

단소운은 조용히 몸을 일으켰다.

그녀는 문을 열고 나가기 직전 야천왕을 향해 마지막 경고를 잊지 않았다.

“멸천대와 요동별기군에 대한 소문은 들으셨겠죠? 각오하셔야 할 거예요.”

그 말을 끝으로 단소운은 사라졌다.

그녀가 나가고 난 후 야천왕은 조용히 술을 들이켰다.

“멸천대와 요동별기군이라… 후훗.”

*　　　*　　　*

주루를 나온 단소운의 얼굴이 딱딱하게 굳었다.

항주는 장차 대륙을 경영하는 데 꼭 필요한 곳이다.

야천왕은 그런 항주의 사정을 누구보다 소상히 알고 있을 뿐더러 사실상의 패자다.

그의 영향력과 음지의 인맥이 무엇보다 필요했다.

한데 그 늙은이가 저렇듯 꿈쩍을 하지 않으니.

하지만 쉽게 포기할 그녀가 아니었다.

일이 난관에 부딪칠 때는 언제든 한 걸음 물러서서 대안을 찾아봐야 한다.

정공이 안 되면 간계로, 최선이 아니라면 차선으로.

그 모든 것의 시작은 역시 대상의 주변을 살피는 것이다.

사소하게 보이는 것도 열 번, 스무 번을 되짚어 보면 해법의 실마리가 나오기 마련.

그러다 갑자기 그녀는 조금 전 야천왕과 나누던 대화가 생각났다.

"북망동에 천산에서 온 고수가 숨어 있다는 게 무슨 말이죠?"

"허세입니다. 맹세코 제가 모르는 강자는 없습니다."

"야천왕의 입에서 나온 말이에요. 어떻게 허세라는 말로 간단히 묵살할 수 있죠?"

"십 년을 이 시궁창 같은 곳에서 썩었습니다. 어떤 놈이 과거에 무슨 짓을 했는지 속속들이 알고 있지요. 한데 어찌 허세라고 하지 않을 수 있겠습니까?"

"그런 사람이 십 년이 넘도록 환희방주의 얼굴도 못 봤다고요."

"그건……."

"그 소문에 대해서나 좀 더 자세히 말씀해 보세요."

"소문이라 하심은?"

"환희방주가 야천왕의 여자라는 소문 말이에요."

"아, 그건 말 그대로 소문일 뿐입니다. 아무도 확인한 바가 없죠. 하지만 아니 땐 굴뚝에 연기 나겠습니까. 의심스러운 구석이 많았죠."

"예를 들면요?"

"환희방의 장원으로 들어가려면 한 곳의 주루를 통과해야 합니다. 일전에 천산도객과 시비가 붙은 적이 있다고 말씀드렸죠? 그때도 그 주루였습니다. 제가 환희방주의 얼굴을 볼 수 있게 다리를 놔달라고 했고, 놈들이 그걸 거절하는 바람에 시비가 붙었죠. 그때 야천왕이 나타났습니다."

"야천왕이 환희방주를 지키고 있었다는 말인가요?"

"그런 느낌을 받았습니다. 과거에도 비슷한 경우가 여러 번 있었죠. 그 주루에서 환희방주를 만나겠다고 어깃장을 부리던 작자들이 모두 그날 밤을 넘기지 못하고 쥐도 새도 모르게 사라졌죠. 목격자들의 말에 따르면, 그들이 시비를 일으킬 때는 항상 야천왕이 그 주루에 있었다고 합니다. 그때부터였을 겁니다, 환희방주가 야천왕의 여자라는 소문이 돈 게."

그 정도였다면 지옥혈마의 말처럼 단순한 소문으로 치부할 수가 없었다.

같은 소문이 오랫동안 이어져 왔다면 반드시 이유가 있는 법.

"환희방주가 경국지색의 미인이라고 했던가요?"

"그것 역시 소문이죠."

"혹, 그녀의 어미가 누군지 알고 있나요?"

"청연이라고… 이십여 년 전 항주를 뒤흔든 절세의 미녀였지요."

"방금… 청연이라고 하셨나요?"

"그렇습니다만."

단소운의 눈동자가 갑자기 커졌다.

마도에는 많은 비사(秘史)를 기록한 책이 있다.

어렸을 적 단소운이 우연히 발견한 책도 그런 것들 중 하나
였다.

정마대전이 시작되기 전 십종가의 한 여인이 천산을 떠나
중원으로 향했단다.

그녀가 누구인지, 무엇 때문에 중원으로 향했는지는 알 수
없다.

다만, 마도의 젊은 영웅들 중 그녀를 흠모하지 않은 이가
없었다고 한다.

그 후 그녀는 청연이라는 이름으로 항주의 뭇 고수들과 염
문을 뿌리다가 짧은 생을 마쳤다고 한다.

단소운이 그 이야기를 기억하는 것은 한순간에 지고 마는
목련 같은 여인의 삶이 애처로웠기 때문이다.

그런데 그 청연이라는 여자가 환희방주라는 혈육을 남겼
단다.

그리고 지금은 야천왕의 여자란다.

"그랬군, 그랬어."

단소운의 눈꼬리가 가늘어지면서 입가에 싸늘한 미소가

어렸다.

지옥혈마는 더 이상 궁금증을 참지 못하고 용기를 내어 물었다.

"무슨 일이신지……."

"혈노, 아직도 환희방주의 얼굴을 보고 싶으세요?"

"그게 무슨?"

"오늘 밤 안으로 그녀를 볼 수 있게 해드리죠."

第七章
환희방의 위기

天山刀客

시간은 삼경을 넘어 사경으로 접어들고 있었다.

어지간한 술꾼들도 이제는 모두 돌아가고 없을 시간.

달빛이 가득하게 쏟아지는 거리는 한산하기 짝이 없었다.

지옥혈마는 월향루(月香樓)라는 주루 앞에서 멈췄다.

달빛에 향기가 있을 리 없건만 월향루라는 이름은 묘하게 운치가 있었다.

"이곳이 그곳입니다. 객실을 지나 내실 쪽으로 향하다 보면 벽으로 위장된 작은 문이 하나 나오죠. 그곳만이 유일하게 장원으로 통하는 길입니다."

"굳이 그렇게 소란을 떨 필요가 있나요, 월장(越牆)을 하면 간단할 것을."

"북망동엔 난다 긴다 하는 음적들이 많지만 아직 환희방의 담장을 넘다가 살아남은 사람은 없습니다."

하지만 단소운은 지옥혈마의 말을 귓등으로도 듣지 않았다.

주루로 들어가 환희방도들과 다투며 아직 남아 있을 손님들의 시선을 끌기보다는 월장을 하는 편이 아무래도 조용하다고 판단한 것 같았다.

그녀는 다섯 명의 흑의인과 함께 주루의 뒤편으로 돌아가 높다란 담장과 마주 섰다.

"일교."

그녀의 짧은 말에 흑의인들 중 한 명이 주변을 두리번거렸다.

마침 저만치 비루먹은 개 한 마리가 보였다.

늦은 밤 술꾼들이 게워낸 토사물을 핥고 있었는데, 그 모습이 측은하기 짝이 없었다.

일교라 불린 흑의인이 바로 그 개를 향해 한가닥 지풍을 퉁겨냈다.

깽!

갑작스런 암경에 허공으로 반 장이나 솟구친 개는 짧은 비명과 함께 떨어졌다.

허옇게 뒤집어진 눈동자가 마지막 순간의 고통을 말해주

는 것 같았다.

지옥혈마는 흑의인의 잔인한 손속에 눈살을 찌푸렸다.

그도 나름 악인이라는 소리를 들었지만 저렇게까지 모질지는 않았다.

하지만 더욱더 놀랄 일이 다음 순간 벌어졌다.

흑의인이 쓰러진 개를 향해 손을 뻗자 십여 장 바깥에 있던 개의 사체가 강사로 연결된 것처럼 질질 끌려왔다.

'격공섭물!'

지옥혈마는 경악을 금치 못했다.

자신의 의사를 한 번 내비치는 법 없이 묵묵히 단소운을 따르기에 단순한 호법인 줄로만 알았더니, 저 정도의 고수일 줄이야.

저 수법이 눈속임이 아니라면 저들은 결코 자신의 아래가 아니었다.

개는 일 장 앞에서 갑자기 솟구쳤고, 이어 흑의인이 일 장을 뻗었다.

펑!

흑의인이 허공을 격하는 순간, 개는 그대로 담장 위로 날아올랐다.

그 순간,

파파파파파파파팟!

정체를 알 수 없는 은빛의 암기들이 밤하늘을 가득 수놓

왔다.

개가 바닥에 다시 떨어졌을 때는 한 뼘 길이의 강철침 백여 개가 빽빽이 꽂혀 있었다.

하지만 지옥혈마는 강철침보다도 개의 사체에 시선을 빼앗겼다.

츠츠츠츠……

검게 변한 개의 사체는 푸른색의 심상치 않은 연기를 내며 녹아내렸다.

"추혼독비(追魂毒匕). 십지환가(十地幻家)의 후예들이 생존해 있었군요."

흑의인이 말했다.

십지환가는 오래전 멸문했다고 알려진 가문이었다.

기관진식에 관해서는 천하에 따를 곳이 없다던 가문이 어찌하여 멸문을 했는지는 알 길이 없다.

중요한 건 바로 그 가문의 실전된 비기가 이곳 북망동에서 재현되고 있다는 것이었다.

또한 이는 환희방이 십지환가의 후예들과 선이 닿는다는 걸 의미했다.

십지환가의 비기는 외부인에게 전해지는 법이 없었으니까.

"뚫을 수 있겠어요?"

단소운이 물었다.

추혼독비가 어떤 것이냐, 얼마나 위험하냐는 질문 대신 곧
장 핵심을 찌른 것이다.

'말도 안 돼. 진짜 추혼독비라면 그걸 어떻게 뚫어.'

지옥혈마가 그런 생각을 하는 사이, 다섯의 흑의인은 벌써
행동으로 옮기고 있었다.

그들은 어깨에 걸친 피풍의(皮風衣)를 벗더니 갑자기 오 장
높이의 담벼락으로 날아올랐다.

파파파파파팟!

역시나 수많은 강철침이 물고기의 비늘처럼 번뜩이며 쏟
아졌다.

하지만 강철침은 흑의인들이 휘두르는 피풍의에 모조리
빨려들어 갔다.

마치 때 아닌 돌풍이 주변의 나뭇잎들을 휩쓸어가듯 강력
했다.

지옥혈마는 또 한 번 놀랐다.

추혼독비는 피풍의 따위로는 막을 수 없는 물건이었다.

피풍의가 다 무엇인가.

강철 갑옷조차 벌집으로 만들어놓는 것이 추혼독비다.

결국 저 흑의인들이 피풍의를 이용해 어떤 암경을 일으키
고, 그것이 추혼독비의 힘을 무력화시킨다고 봐야 했다.

도대체 저들은 누구인가.

무신들을 잡기 위해 만들었다는 추혼독비조차 무력화시키

는 자들이라니.

그때 단소운은 흑의인들이 만든 공간을 통해 담장을 넘어갔다.

지옥혈마도 뒤를 따랐다.

담장 아래는 기화요초가 가득한 정원이었다.

때마침 여름의 초입이라 정원엔 만개한 꽃이 가득했다.

그 풍광이 달빛과 어우러져 월향이라는 말을 실감케 했다.

장원은 고요했고 그림자 하나 보이지 않았다.

하지만 이미 수많은 눈이 자신들을 주시하고 있다는 걸 지옥혈마는 알고 있었다.

지옥혈마는 고개를 돌려 단소운을 보았다.

그가 알고 있는 걸 어찌 그녀라고 모르겠는가.

"어쩌시겠습니까?"

"차라리 잘되었어요. 십지환가의 후예들과 연관이 있다면 장원 곳곳에도 기관이 설치되어 있을 테니."

단소운은 앞으로 한걸음 다가서며 어둠 속을 향해 말했다.

"환희방주를 만나러 왔어요."

대답은 즉시 들려오지 않았다.

한동안 쥐 죽은 듯한 침묵이 이어진 후 어디선가 목소리가 들려왔다.

"야밤에 월장을 하는 걸 보면 좋은 뜻으로 온 것은 아닐 터,

봉변을 당하기 전에 돌아가시오.”

지옥혈마가 재빨리 귀를 쫑긋거렸다.

목소리가 난 곳을 찾기 위함이었다.

하지만 찾을 수 없었다.

‘산혼소(散混梟)!’

소리를 흩트리고 섞어서 그 진원지를 파악할 수 없게 만드는 무공이었다.

생사결을 위한 무공이라기보다는 일종의 잡기에 속하는 것이었는데, 자객들에겐 아주 유용한 공부였다.

단소운이 말했다.

“허락없이 들어온 건 사과하죠. 하지만 절차를 따지면 만나주지 않는다더군요.”

“절차를 따지지 않는 사람은 더더욱 만날 일이 없소. 거듭 말하거니와, 돌아가시오.”

“이렇게 나오신다면 계속 비례를 저지를 수밖에 없어요.”

좋은 말 할 때 나오라는 소리.

하지만 저쪽에서도 이미 충분히 경고를 했다고 생각하는지 더 이상 답변이 없었다.

이제 걸음을 옮기면 화살을 발사하거나 암기를 쏘는 식으로 첫 번째 공격이 이어질 것이다.

자신은 보이지 않고 상대는 훤히 드러난 상태에서 그것만큼 좋은 공격은 없을 테니까.

하지만 단소운은 걸음을 옮기지 않았다.

살짝 고개를 돌려 일교라는 흑의인을 향해 고개를 끄덕였을 뿐이다.

일교가 다시 네 명의 흑의인에게 고개를 끄덕였다.

그 순간 흑의인들이 순식간에 어둠 속으로 사라졌다.

연이어 들려오는 금속성.

깡! 깡! 깡! 깡!

그리고 이어지는 비명.

"으악!"

"커헉!"

"허억!"

흑의인들은 화초가 가득한 정원을 종횡으로 달리며 숨어 있던 환희방의 무인들을 제거해 나갔다.

그야말로 눈 깜짝할 사이에 일어난 일이었다.

하지만 환희방의 무인들 역시 만만치 않았다.

숨어 있는 것이 의미가 없다고 판단했는지 사방에서 벌 떼처럼 일어났다.

화살이 날아오고 강사로 만든 그물이 날아왔다.

좌우의 양쪽에서는 번뜩이는 도검을 든 수십 명의 무인들이 커다란 벽처럼 밀려왔다.

단소운을 중심으로 지옥혈마는 왼쪽을, 일교는 오른쪽을 엄호하며 그들과 싸웠다.

“제압만 하세요. 굳이 살계를 열 필요는 없어요.”

단소운이 말했다.

무공의 실력 차가 어느 정도를 넘어서면 숫자가 무의미해지는 순간이 온다.

지옥혈마와 흑의인은 일개 환희방도들이 상대하기엔 너무 강했다.

순식간에 이십여 명이 중상을 입고 물러났다.

“모두들 물러서라!”

우렁우렁한 소리를 쏟아내며 등장한 사람은 초로의 노인이었다.

그는 지옥혈마를 발견하고는 분기탱천한 목소리로 꾸짖었다.

“지옥혈마, 감히 환희방을 농락하고도 무사할 것 같은가!”

지옥혈마는 먼저 단소운에게 초로인에 대해 설명했다.

“도쟁선이라는 늙은이죠. 환희방주의 수족 같은 자입니다.”

도쟁선은 지옥혈마가 일개 안내인에 불과하다는 걸 알고 단소운을 향해 호통쳤다.

“그대는 누구인가!”

“이제야 손님 대접을 해주는군요. 조금만 일찍 물었어도 이런 참사는 없었을 것을.”

"좋은 뜻으로 왔다면 처음부터 이런 짓은 벌이지 않았겠지."

"그것도 그렇군요. 하지만 계속 축객을 하시겠다면 더 많은 사람이 다칠 거예요. 그건 약속드리죠."

거침없는 단소운의 태도에 도쟁선은 화가 날 대로 났다.

하지만 오늘은 다른 때와 다르다는 것을 직감했다.

그동안 환희방의 장원을 넘으려고 했던 사람들은 수도 없이 많았다.

하지만 저들처럼 빠르고 간단하게 월장을 해 스무 명의 사상자를 낸 사람은 결코 없었다.

"다시 묻겠다. 그대들은 누구인가?"

"그건 방주에게 말씀드리죠."

"건방진! 방주를 뵈려면 반드시 나를 넘어야 한다!"

화초밭을 가르며 도쟁선이 달려왔다.

지옥혈마는 도쟁선의 흩날리는 수염과 곧추선 검이 제법 잘 어울린다는 생각을 했다.

그 순간 일교도 단소운을 지나쳐 앞으로 달려나갔다.

두 사람은 이름 모를 화초 위에서 격돌했다.

까앙! 쒜애애액! 깡깡! 쑤에애액!

귀청을 찢는 금속성이 정원 가득히 울려 퍼졌다.

허공을 자르고 찌르는 검의 잔영이 달밤의 꽃 향기와 어우러져 몽환적인 분위기를 자아냈다.

이토록 어지러운 느낌은 두 사람이 펼치는 검법에 기인한 것이다.

날카롭고 빠르고 은밀한 검로.

종잇장의 차이로 주고받는 생과 사의 간극.

흑의인의 무공은 이미 한차례 견식을 했기에 범상치 않을 거라는 건 짐작했지만.

'도쟁선, 저 늙은이가 저 정도의 고수일 줄이야……!'

지옥혈마의 놀라움은 실로 컸다.

저 정도라면 자신이라 해도 승부를 가늠할 수 없을 것 같았다.

싸움은 도쟁선과 일교, 두 사람으로만 진행되었다.

숨 막힐 듯 흐르는 긴장감 속에 두 사람의 검은 점점 사나워졌다.

벌써 오십 합을 넘긴 것 같다.

두 사람 주변에 일어난 돌풍이 꽃잎을 끌어올려 사방으로 흩날렸다.

그 때문인지 그들의 검결(劍訣)은 차라리 아름답기까지 했다.

곁에서 지켜보고 있던 환희방도들은 손에 땀을 쥐었다.

저 두 사람의 승패에 따라 오늘 자신들의 목숨과 함께 환희방의 운명이 결정된다는 걸 직감했기 때문이다.

도쟁선은 환희방 내에서 가장 강한 고수였다.

그런 도쟁선이 꺾인다면 더 이상은 저들의 행보를 막을 수 없다.

게다가 아직도 저들에겐 지옥혈마를 비롯해 정체 모를 흑의인이 네 명이나 더 남아 있었다.

갑자기 두 사람이 격돌하는 사이로 핏물이 튀어 올랐다.

너무도 빠르게 검과 검이 붙고 떨어지는지라 정확히 누구의 피인지는 알 수 없었다.

핏물은 점점 많은 양이 튀었고, 급기야 두 사람의 옷까지 물들였다.

백색 장포를 입은 도쟁선이 흑의인에 비해 훨씬 선명하게 혈흔이 비쳤다.

하지만 아직은 확신할 수 없었다.

유일하게 알 수 있는 것이라곤 누군가 제법 심각한 부상을 입었다는 것.

그리고 머지않아 싸움이 끝나리라는 것.

환희방도들은 저 핏물의 주인이 도쟁선이 아니길 바라고 또 바랐다.

하지만 불길한 예감은 꼭 들어맞는다고 했던가.

"헛!"

한순간 도쟁선이 단말마를 토해내더니 보법이 급격히 흐트러졌다.

그리고 머지않아 일교의 장검이 도쟁선의 어깨를 뚫었다.

싸움이 거짓말처럼 멈추었다.

검풍이 잦아들자 허공으로 흩날리던 꽃잎들도 하늘하늘 흘러내렸다.

"계집은 어디 있지?"

흑의인 일교가 도쟁선의 어깨에 칼을 꽂은 채로 물었다.

더 이상 의심할 필요가 없다.

이들은 환희방주를 해코지할 목적으로 왔다.

"나를 죽인들 방주를 찾을 수는 없을 것이다."

도쟁선은 십지환가의 기관지학을 믿었다.

서문홍주가 있는 곳은 장원 중에서도 심처.

안내자 없이 그곳까지 도달하려면 아홉 개의 관문을 뚫어야 한다.

천하의 누가 와도 그것을 뚫을 수는 없다.

"이교!"

일교가 외치자 또 다른 흑의인이 신형을 날렸다.

쓰캉!

섬뜩한 금속성과 함께 젊은 환희방도 하나가 쓰러졌다.

쓰캉!

사람들이 놀라기도 전에 두 번째 환희방도가 쓰러졌다.

놈은 계속해서 환희방도들을 쓰러뜨렸다.

살계를 열지 말라는 단소운의 명령 때문에 죽이지는 않았지만 피가 튀고 살점이 떨어져 나가는 중상이다.

"그만!"

앙칼진 목소리와 함께 누군가 모습을 드러냈다.

여인이었다.

방도들이 위험에 처했다는 소리를 듣고 잠결에 뛰쳐나온 듯 얇은 적삼 차림이었다.

신이 빚은 듯한 굴곡과 투명한 피부가 달빛과 어우러져 눈이 부셨다.

단소운은 미간을 찡그렸다.

그녀 역시 아름답다는 소리를 들었지만 환희방주는 단순히 아름답다는 말로는 부족했다.

그녀는 신비롭고 환상적이었다.

"서, 서문홍주!"

지옥혈마가 낮게 신음했다.

직감적으로 그녀가 서문홍주라는 것을 알아차린 것이다.

"이제… 그만하세요."

서문홍주는 참담한 목소리로 말을 하고는 환희방도들에게 손짓을 했다.

남은 사람들이 부상당한 사람들을 돌보는 사이, 그녀는 화초 사이를 지나 단소운에게로 사뿐사뿐 걸어왔다.

이제 보니 신발도 신지 않은 맨발이었다.

흉수가 침입했다는 소리를 듣고 그녀가 얼마나 다급하게 달려왔는지 짐작할 수 있었다.

"방주!"

도쟁선이 다급하게 그녀를 불렀다.

"괜찮아요."

"이러시면 아이들의 노력이 헛되게 됩니다."

"세상에 덜 중요한 목숨이란 없어요. 그러니, 이제 그만하세요."

도쟁선은 참담한 표정으로 고개를 떨어뜨렸다.

주인을 지키지 못한 죄, 자식처럼 따르던 방도들을 지키지 못한 죄가 너무 컸다.

약한 것이 가장 큰 죄다.

서문홍주가 나타나자 일교가 도쟁선의 어깨에 박았던 검을 뽑았다.

환희방도 중 하나가 기다렸다는 듯이 달려가 도쟁선을 부축했다.

"개의치 말라. 이까짓 부상으로는 죽지 않는다."

도쟁선은 마지막 임무라도 다하기 위해 다시 검을 잡고 몸을 일으켰다.

그의 역할은 언제 어디서나 서문홍주의 곁을 지키는 것이었다.

서문홍주는 단소운과 마주 섰다.

그녀의 뒤에는 옷자락을 찢어 대충 어깨를 동여맨 도쟁선이 시립했다.

"좋은 수하를 두었군요."

단소운이 서문홍주 너머의 도쟁선을 힐끗 보며 말했다.

"그는 저의 수하가 아닙니다."

"하면 아비라도 되나요?"

"발칙한 계집, 말을 삼가라!"

도쟁선이 발끈해서 소리쳤다.

그의 말이 끝나기도 전에 일교의 검봉이 도쟁선을 겨누었다.

"노인장, 경거망동하지 마시오. 마지막 경고요."

"한 번의 격돌로 자만하지 마라. 내겐 아직 네놈의 칼을 받을 힘이 남아 있은즉."

도쟁선과 일교의 기 싸움이 점점 치열해지자 서문홍주가 말했다.

"두 사람은 잠시 물러나 주세요."

단소운도 일교를 향해 고개를 끄덕였다.

일교는 한 번의 망설임도 없이 다섯 걸음 뒤로 물러섰다.

도쟁선도 그제야 두어 걸음을 물러났다.

하지만 보법은 언제든지 달려나갈 수 있도록 어깨 넓이로 벌린 상태였다.

"당신은 누구죠? 왜 야심한 시각에 남의 장원을 찾아와 이런 소란을 벌이는 거죠?"

"당신이 청연의 딸인가요?"

"……!"

“맞나 보군요.”

“원하는 게 뭔가요?”

“당신 도움이 필요해요.”

“내가 무얼 도울 수 있을지 모르겠군요.”

“한 사람을 움직여야 하는데 도무지 고집불통이군요. 아무리 생각해 봐도 그를 움직일 수 있는 사람은 한 사람밖에 없더군요. 바로 당신이에요.”

“……!”

서문홍주는 똑똑한 여자였다.

그는 단번에 이들이 말하는 그 고집불통이 누구인지, 무엇을 하려는지, 그리고 이들이 누구인지까지 알아차렸다.

“도와줄 수 없다면요?”

단소운은 풍광을 구경하듯 주변을 한번 둘러보고는 말을 했다.

“불태워 버리기에는 너무 아까운 장원이에요. 그렇지 않나요?”

허를 찌르는 말이다.

제아무리 복잡하고 험한 기관진식도 화마는 견디지 못한다.

게다가 이 여자는 단순히 장원만 불태우려는 게 아니었다.

장원과 함께 이곳에 있는 모든 방도들을 함께 그슬려 죽이겠다는 경고였다.

실로 섬뜩한 말이 아닐 수 없었다.

여자의 입에서 나온 말이라고는 믿기 힘들 만큼 무서운.

잠시 침묵이 흘렀다.

서문홍주는 저만치에서 자신을 바라보고 있는 환희방의 방도들을 보았다.

아비가 누구인지도 모른 채 기녀의 아들로 태어나 오직 자신만 믿고 따라와 준 사람들.

언젠가 좋은 세상을 만나면 날개를 펼 수 있을 거라며 돈을 주고 산 무공을 열심히 익힌 사람들.

저들의 꿈이 한순간의 휴지 조각으로 끝나려는 순간이다.

죽고 나면 모든 게 소용없을 테니까.

"내가 어떻게 하면 되죠?"

서문홍주가 기어이 결심을 했다.

다른 대안을 찾기에는 이들의 무공이 지나치게 강했다.

"간단해요. 우리를 따라가면 되죠."

"어디로 가는 건가요?"

"궁금한 게 너무 많군요."

"그렇게 하죠."

"방주!"

도쟁선이 황급히 다가가 그녀의 손을 잡았다.

도쟁선이 움직이는 순간 일교도 함께 움직였다.

하지만 그는 단소운의 손에 의해 제지되었다.

작별 인사를 할 시간은 주자는 듯.

"방주, 안 됩니다. 여기서 물러나시면 안 됩니다."

"노야, 사람들을 부탁해요."

"이대로 가시면 목숨을 보장할 수 없습니다."

"내가 가지 않으면 식구들이 죽어요. 노야도 그걸 원하지는 않죠?"

"하지만……."

도쟁선은 더 이상 말을 잇지 못했다.

처음부터 이런 상황을 짐작했어야 하는데.

장원에 절진과 기관진식을 설치해 침입자를 막을 생각만 했지, 서문홍주의 심성을 헤아리지 못했다.

이렇게 되면 그토록 거금을 들여 만든 기관진식들이 무용지물 아닌가.

언제나 사람이 문제다, 사람이.

"잠시 옷을 챙겨 입을 시간을 주시겠어요?"

"시간이 없다."

서문홍주의 말은 흑의인 일교에 의해 간단히 묵살됐다.

서문홍주는 단소운을 보았다.

같은 여자이니 자신의 입장을 이해해 줄 거라고 생각해서였지만 그녀 역시 아무런 반응을 보이지 않았다.

시작부터 이런 대접이라면 장차 그녀가 받게 될 수모가 어떨지는 짐작하고도 남았다.

그래서 그녀를 보내야 하는 도쟁선과 환희방 무사들의 고통은 이루 말할 수가 없었다.

서문홍주는 그런 사람들의 마음을 짐작하기라도 하는 듯 애써 활기차게 말했다.

"뭐, 가볍게 가는 것도 괜찮겠죠."

그녀가 대문을 향해 걸음을 옮기려는데 한 사람이 달려왔다.

환희방의 무사였다.

천하제일의 검수가 되어 서문홍주를 지켜주겠다던 올해 열다섯 살의 막내.

그는 갑자기 자신의 신발을 벗더니 무릎을 꿇고 서문홍주에게 신겨주었다.

"인환아……."

서문홍주가 낮게 그의 이름을 불렀지만 엽인환은 고개를 들지 못했다.

고개를 드는 순간 눈물을 들킬 것 같아서였다.

그런 모습을 보고 지옥혈마가 한마디 했다.

"눈물겨운 장면이군."

"지옥혈마, 네놈은 반드시 내 손에 죽을 것이다."

도쟁선이 지옥혈마를 향해 무섭게 경고를 하는 사이 서문홍주는 걸음을 옮겼다.

그녀의 뒤를 단소운과 흑의인들이 따랐다.

마침내 바깥으로 향하는 대문에 이르렀고 지옥혈마가 대문을 열었을 때,

"흐억!"

화들짝 놀란 지옥혈마가 자신도 모르게 검을 뽑아 들며 후다닥 물러섰다.

쇠몽둥이를 든 엄청난 체구의 거인이 대문 앞에 떡하니 버티고 있었던 것이다.

아닌 밤중에 백의 장삼을 입고 씨익 웃는 거인의 미소가 흡사 대설산 깊은 곳에 산다는 설인(雪人)을 연상케 했다.

그를 가장 반가워한 사람은 도쟁선이었다.

"앗! 자네는!"

第八章
내 벗을 해치지 마라

天山刀客

거인은 대초자곤을 든 채홍만이었다.

그때 채홍만의 가랑이 사이로 꼬마 아이 하나가 고개를 쏙 내밀었다.

"헉헉헉, 도쟁선 어른, 다행히 늦지 않았군요."

"와, 왕삼이, 네가 어찌?"

왕삼은 월향루에서 잔심부름을 하는 점소이었다.

그 역시 기녀의 자식이었고 이제 두 살만 더 먹으면 환희방에 들어와 무공을 배우게 될 아이였다.

"장원에서 소란이 일기에 무작정 금룡문으로 달려갔지요. 마땅히 도움을 청할 데도 없고."

그때였다.

갑자기 거인의 뒤편에서 티격태격거리는 소리가 들려왔다.

"좀 비켜봐라. 도대체 어떤 인간들인지 쌍판 좀 보자."

"거, 누르지 좀 마시오. 내가 벌레요? 꾹꾹 누르게."

"마, 누르긴 누가 눌렀다고 그래."

왁자지껄한 소리와 함께 세 사람이 채홍만을 비집고 들어섰다.

그들은 장원 안에서 벌어지는 광경을 한차례 휘이 둘러보더니,

"이거, 순 후레자식들이네. 벌건 대낮에 남의 귀한 처자를 훔쳐가려고 하다니."

"사형, 지금은 밤이오."

"마, 바, 밤인지 낮인지, 그게 뭐가 중요해. 중요한 건 저 자식들이 후레자식이라는 사실이야. 안 그러냐, 자룡아?"

"공 사형 말씀이 백번 옳습니다."

세 명의 사내는 공춘보와 하풍달, 그리고 표자룡이었다.

이들이 왔다면……

도쟁선은 황급히 사방을 둘러보았다.

제발 자신의 예감이 적중하기를 마음속으로 빌고 또 빌며.

불길한 예감만큼이나 길한 예감도 적중하는 법이다.

대문에서 그리 멀지 않은 높다란 담장 위에 황소 같은 사내

가 무서운 눈으로 아래를 굽어보고 있었다.

　그가 어떻게 추혼독비를 뚫었는지는 중요하지 않다.

　중요한 것은 지금 이 순간 그가 이곳에 있다는 사실이다.

　함성은 환희방도들에게서 먼저 터졌다.

　"그분이 오셨다!"

　"금룡문의 장제자께서 오셨다."

　"방주님의 벗이 오셨다."

　"귀수의 사형께서 오셨다!"

　마지막 목소리가 잠깐 사람들을 삐끗하게 만들었다.

　부르는 이름은 모두 달랐지만 그들이 지칭하는 인물은 하
나였다.

　용악산이었다.

　주변의 공기가 갑자기 쩌정쩡— 얼어붙었다.

　좌중을 압도하는 기도에 흑의인들이 살기를 뿜으며 자세
를 잡았다.

　그 순간 도쟁선이 서문홍주에게로 몸을 날렸다.

　그녀의 안전을 먼저 확보하기 위해서였다.

　때마침 곁에 있던 지옥혈마가 그 모습을 보았다.

　십보무적이라 불리던 그였다.

　발검과 동시에 서문홍주와 그의 거리가 사라졌다.

　이형환위(移形幻位)를 연상케 하는 한 수.

　그러나 지옥혈마를 막아선 건 도쟁선이 아니라 표자룡이

었다.

훅!

송곳 같은 한줄기 바람을 느낀 지옥혈마는 황급히 신형을 비틀었다.

표자룡의 검이 그의 옷깃을 아슬아슬하게 스치고 갔다.

전날의 그가 아니었다.

몇 달 전, 주루에서 자신에게 혼쭐이 나던 그 표자룡이 아니었다.

"네놈이……."

"오늘은 그때처럼 마음대로 되지는 않을 거요."

두 사람이 대치를 하는 사이 도쟁선은 어느새 서문홍주의 앞을 보호하며 표자룡에게 말했다.

"고맙네!"

"뭘요."

도쟁선의 인사를 받은 것은 표자룡이 아니라 어슬렁어슬렁 다가와 서문홍주의 곁에 선 공춘보였다.

도쟁선이 황당한 눈으로 그를 보자 공춘보도 좀 미안했던지 슬그머니 칼을 뽑아 들고 서문홍주를 호위했다.

공춘보는 서문홍주를 오늘 처음 보는 터였다.

과연 소문대로 아름다운지라 자꾸만 힐끔힐끔 시선이 갔다.

용악산이 담장 위에서 서문홍주를 향해 물었다.

“다친 곳은 없습니까?”

“…….”

서문홍주는 어쩐 일인지 말을 하지 못했다.

어깨가 가볍게 떨리는 것으로 보아 터져 나오는 울음을 억지로 참고 있는 듯 했다.

그녀 역시 여자였던가.

항주를 쥐락펴락하는 여걸이 이처럼 약한 모습을 보이다니.

용악산은 그녀에게 더 이상 아무것도 묻지 않았다.

대신 단소운을 노려보며 말했다.

“누구냐?”

얼음장처럼 차가운 목소리였다.

“당신이 천산도객이군요, 그렇죠?”

흑의인들의 무공을 믿기 때문인지 단소운의 목소리에는 한 점의 움츠러듦도 없었다.

“누구냐고 물었다.”

“십종지룡의 사자쯤으로 해두죠.”

결국 장산벽이 항주의 상황을 파악하기 위해 미리 보낸 정탐조라는 얘기.

멸천대와 철갑기마대의 행보가 생각보다 빠르면서도 치밀한 데 용악산은 놀랐다.

“한데 왜 환희방주를 납치하려는 거지?”

"그 얘긴 나를 제압한 후에 묻는 게 어때요?"

입가에 미소를 띤 그녀의 표정에는 그런 일은 없을 거라는 확신이 어려 있었다.

단소운은 천산도객을 결코 가볍게 보지 않았다.

장산벽이 범선을 황하의 하류까지 몰고 가며 천하의 이목을 끈 것은 처음부터 의도된 것이라고 해도 천마군림도를 뺏긴 것은 결코 의도된 것이 아니었다.

십종지룡의 행보를 정면으로 막아선 자.

결코 만만치 않다.

하지만 그녀는 흑의인들을 믿었다.

그들 다섯의 합공이라면 십종지룡조차 당해낼 수가 없다.

"서문홍주는 나의 벗이다. 대가를 치를 각오는 되어 있겠지?"

"십종지룡은 나의 영웅이죠. 당신도 대가를 치를 각오가 되어 있겠죠?"

한 치의 양보도 없는 팽팽한 기세.

용악산은 가볍게 몸을 움직여 땅으로 내려섰다.

커다란 그림자가 한순간 달빛을 가리자 단소운이 몇 걸음을 물러났다.

그 자리를 흑의인들이 채웠다.

그때 공춘보가 갑자가 튀어나왔다.

"잠깐만요. 다들 내 말 좀 들어보십시오."

뜬금없는 돌출 행동에 사람들의 시선이 공춘보에게로 향했다.

공춘보는 입술에 침을 한 번 바르고는 간절한 표정으로 말했다.

"내 사부님께서 말을 할 땐 세 번을 생각하고, 검을 뽑을 땐 열 번을 생각하라 하셨소, 천하의 모든 무인들이 그렇게만 한다면 시비가 지금보다 절반은 줄어들 거라면서."

"지금 무슨 헛소리를 하는 거냐!"

지옥혈마가 공춘보를 노려보며 소리쳤다.

"아아, 혈마 선배님, 그렇게 역정만 내지 마시고 제 말 좀 들어보십시오. 사부님께서는 이런 말씀도 하셨지요. 에잇!"

쒜애애액! 쉑! 쉑!

말을 하는 척 지옥혈마에게 다가간 공춘보가 갑자기 칼을 휘두르며 소리쳤다.

"어차피 피할 수 없는 싸움이라면 선빵을 날려라! 라고 말이다, 이 후레자식들아!"

하지만 공춘보의 칼은 지옥혈마의 옷자락 하나 건드리지 못했다.

오히려 두어 번의 헛 칼질을 하느라 좁혀진 거리로 인해 지옥혈마가 반격을 하고 나왔다.

쑤우애애액! 쑤애애액!

쇠꼬챙이 같은 기형검은 눈 깜짝할 사이에 무수한 검영을 만들어내며 공춘보의 요소요소를 찔러갔다.

기습의 유리함을 살리지 못한 공춘보는 단 세 합만으로 자신은 지옥혈마의 상대가 되지 않음을 깨달았다.

하지만 이제 와서 물러나려고 하니 이미 지옥혈마의 검권(劍圈) 안에 들어 있었다.

뒤를 보이고 달아나다가는 등에 칼 맞기 딱 좋은 상황.

'제기랄, 환희방주 앞에서 인상 좀 확실히 남기려고 했더니.'

호랑이에게 잡혀가도 정신만 차리면 사는 법.

공춘보에게도 한 수는 있었다.

다만 무공이 아니라 꾀라서 문제지.

"아무래도 저 계집이 수괴인 듯하군. 자룡아, 내가 계집을 잡을 테니 이 늙은이는 네가 맡아라!"

"원래부터 그 늙은이는 내 몫이었습니다."

기다렸다는 듯이 표자룡이 뛰어들었다.

깡!

표자룡이 지옥혈마의 검을 받는 동시에 공춘보는 흙바닥을 쇠똥구리처럼 또르르 굴러 다섯 걸음이나 물러났다.

나려타곤(懶驢打滾)!

그 모습이 우스꽝스러워 어지간한 무인들은 펼치지 않는 수법이다.

하지만 공춘보는 그런 것에 구애받지 않았다.

지옥혈마의 검이 뒤늦게 공춘보를 따라갔지만 이미 늦었다.

"그날 못다 한 승부를 끝냅시다."

표자룡이 지옥혈마를 막아서며 말했다.

"이런 시건방진 놈들 같으니라고."

어차피 자신의 정체가 발각된 이상 북망동에서는 더 이상 살 수가 없다.

지옥혈마는 아끼지 않고 살검을 펼쳤다.

지옥혈마는 검을 처음 배울 때부터 환검을 목표로 삼았다.

검이 너무나 빨라 환영처럼 느껴진다는 쾌검의 마지막 경지.

그가 쇠꼬챙이처럼 가늘고 긴 기형검을 선택한 것도 그런 이유에서였다.

검영은 어느 순간 궤적으로만 남아 빛이 되었다.

실체와 허상이 구분되지 않아 표자룡은 기어이 그의 검을 놓쳤다.

눈에 보이지 않는 검, 시력으로 따라잡을 수 없는 검.

이것이야말로 표자룡이 그토록 꿈꾸던 환(幻)의 경지가 아니던가.

표자룡의 중검 또한 빛의 궤적을 만들고 있었다.

지옥혈마의 핍박에서 간신이 벗어난 공춘보는 단소운과

마주 섰다.

달빛에 굴곡진 몸매와 면사 너머로 은은히 비치는 이목구비가…….

‘예쁘다.’

“뭐 하는 거요!”

하풍달이 옆에서 버럭 소리를 질렀다.

“아, 아니야, 아무것도.”

“정신 바짝 차리시오. 저 여잔 흉악한 마인이오.”

‘그래도 여인의 얼굴에 칼집을 낼 수는 없지.’

쨍그렁.

공춘보는 손에 들고 있던 칼을 놓아버렸다.

“지, 지금 뭐 하자는 거요?”

“적수공권인 여자를 상대로 칼을 휘두를 수는 없지 않겠느냐. 난 사부님께 그렇게 배우지 않았다.”

하풍달이 가만 보니 확실히 단소운은 맨손이었다.

대금룡문의 제자들이 맨손인 여자를 상대로 칼을 휘두른다면 항주 유흥가의 술친구들로부터 비웃음을 살 게 분명했다.

쨍그렁.

하풍달도 칼을 버렸다.

그리고는 발을 어깨 넓이로 벌리고 두 주먹을 불끈 쥔 다음 단소운에게 말했다.

"원래 공 사형과 나는 합격술에 능하오. 상황이 상황이니
만큼 양해해 주시오."

둘이서 한 여자를 핍박하는 것이 못내 미안해 한껏 예를 갖
춰서 한 말인데,

"상관없어요."

단소운의 대답은 실로 간단했다.

면사 너머로 씨익 웃는 표정이 기분 나쁘게 느껴지는 것은
왜일까?

단소운이 두 손을 펼치자 한쪽 소매 안에서 갑자기 기다란
채찍이 튀어나왔다.

평범한 채찍이 아니었다.

길이는 오 장에 육박하는 채찍은 피에 담갔다가 방금 꺼낸
것처럼 시뻘건 색이었다.

끝에서 두어 척가량은 짐승의 누런 이빨까지 백여 개나 박
혀 있었다.

"구혼나찰편(拘魂羅刹鞭)!"

혼백까지 포획한다는 악귀의 채찍.

견문이 넓은 하풍달이 기겁을 하며 소리쳤다.

녹수파파의 구혼나찰편은 외로 꼰 늙은 교룡의 힘줄 백 가
닥을 극독을 지닌 마물의 피에 십 년간 침강시켜서 만든다.

질기기는 강사를 능가하며 부드럽기는 말채찍에 버금간
다.

끝에 달린 백여 개의 이빨은 교룡의 송곳니로, 적의 몸뚱어리를 단번에 잘라 버리는 위력을 가졌다.

이것이 사람들의 입에 오르내린 것은 녹수파파(綠手婆婆)라고 불리는 전대의 여마두가 구혼나찰편 한 자루로 수많은 협객들의 목숨을 앗아갔기 때문이다.

그렇다면 눈앞의 저 여인은 녹수파파의 제자?

그녀가 말했다.

"상황이 상황이니만큼 성명병기를 쓰는 걸 양해해 주세요."

"허걱!"

"제기랄!"

공춘보와 하풍달이 뒤늦게 칼을 버린 것을 후회하며 황급히 주우려 했지만……

추아아악, 따악! 따악!

채찍이 두 사람의 손을 무섭게 때려왔다.

흑의인들은 사방을 점한 상태에서 무수한 칼질을 가해왔다.

기세는 날카로웠으며 속도는 가공할 정도로 빨랐다.

칼은 원래 패도적인 것으로, 쾌(快)를 추구하는 무공에는 맞지 않았다.

단숨에 적의 몸뚱어리를 두 동강 내고 사라지는 것이 칼의

묘리다.

때문에 쾌검은 있어도 쾌도라는 말은 찾기 힘들다.

한데 놈들은 상대적으로 무거운 병기인 칼을 사용하면서도 극쾌의 도법을 추구했다.

그런 칼 다섯 개가 동시에 작렬하니 빠름의 경지를 넘어선 공격이었다.

즉, 빠름이 아무런 의미가 없어진 상태.

더구나 네 곳의 방위를 모두 완벽하게 점한 상태라 송곳 하나 찌를 만큼의 틈도 없었다.

마지막 다섯 번째 방위는 사방의 한가운데, 즉 용악산의 머리 위라야 했다.

공격이 시작되면 저들 중 한 명이 다섯 번째 방위를 점하려 할 것이다.

그곳은 어디인가.

허공이다.

갑자기 그림자가 비치며 허공에서 검은 점이 내려왔다.

꾸르릉!

천둥소리와 함께 거대한 기운이 용악산의 머리 위에 떨어졌다.

그와 보조를 맞추던 네 명의 흑의인이 일도직척(一刀直刺)의 초식으로 찔러왔다.

베는 칼을 찌르는 검으로 변화시킨 것이다.

지금 이 순간은 어떠한 속임수도, 어떠한 변초도 필요치 않았다.

전후좌우와 위를 모두 점한 상태에서 육중한 공력이 깃든 칼을 찌르는 데 무슨 기교가 필요할까.

여섯 번째 방위는 땅이다.

하지만 땅으로는 피할 수도 없거니와, 용악산은 애초부터 피할 생각이 없었다.

땅으로부터 거대한 기운이 허공으로 솟구쳐 올랐다.

쐐애애액, 깡깡! 쐐애애액, 깡깡!

두 개의 그림자가 십여 장 높이로 치솟아 오르면서 계속 칼을 부딪쳤다.

불꽃이 튕겨 나가면서 거대한 불기둥이 생긴 것 같았다.

길게 이어지던 금속성을 잠재운 것은 육중한 격타음이었다.

퍼엉!

흡사 절구공이로 황소의 등을 힘껏 두들긴 듯한 소리.

"커헙!"

이어지는 단말마와 함께 그림자 하나가 저만치 나가떨어졌다.

화초밭 속으로 털썩 쓰러지는 그림자는 칼을 거꾸로 쥐고 몸을 일으켰다.

하지만 이내 털썩 쓰러지며 피를 한 사발이나 토해내고 죽었다.

"아!"

구경하던 환희방 무인들의 입에서 탄성이 터졌다.

쓰러진 것이 흑의인이어서가 아니다.

놀랍게도 그의 한쪽 어깨가 포탄에라도 맞은 것처럼 떨어져 나가고 없었다.

격타음의 원인은 용악산이 떨친 적룡장이었다.

그 몰골을 하고도 끝까지 싸우겠다고 일어서는 집념이라니.

용악산은 흑의인들의 검진에서 벗어나 십여 장 밖으로 가볍게 내려앉았다.

남은 네 명의 흑의인이 몸을 돌려 용악산을 향했다.

"오교를 유인했군."

흑의인들 중 맏형 격인 일교가 말했다.

원래 이들 다섯의 무공은 차이가 없었다.

그건 이들의 펼치는 수라귀진(修羅鬼陣)이 어느 한쪽으로도 치우치지 않는 완벽한 균형을 필요로 하기 때문이었다.

그런 만큼 수라귀진에는 빈틈이 없었다.

천하의 무신이라고 해도 파훼할 수 없는 절진을 눈앞의 사내 용악산은 너무나 간단하게 깨뜨려 버린 것이다.

이 모습만 봤다면 모르는 사람들은 조금 전 흑의인들이 펼친 검진을 강호의 그저 그런 검진으로 여기지 않겠는가.

"호교오군(護敎五君)!"

용악산이 그들의 정체를 알아봤다.

일교는 당황한 낯빛이 되었다.

"우리를 … 어떻게 알지?"

"십종가 대가주의 수족이자 어린 장산벽을 호위하던 다섯 명의 고수들. 이제는 여자를 호위하는군. 저 여자가 장산벽의 여자라도 되는 건가?"

흑의인들의 표정이 일그러졌다.

대저 군(君)이니 제(帝)니 하는 말들은 아무에게나 붙는 별호가 아니었다.

당연하다. 모두 왕을 상징하는 별호들인데 함부로 붙여서야 쓰겠는가.

호교오군은 하나하나가 절정의 고수였다.

다섯이 뭉치면 무신도 뚫을 수 없는 철벽이 된다.

공춘보와 하풍달을 담벼락까지 몰아붙여 마지막 핍박을 가하고 있던 단소운의 채찍이 한순간 흐트러졌다.

용악산이 자신이 장산벽의 여자냐는 말을 하는 순간이었다.

그 기회를 틈타 공춘보와 하풍달은 가까스로 위험에서 벗어날 수 있었다.

그때부터는 도주였다.

도망가면서 반격하고, 불리하다 싶으면 다시 도주하고.

구혼나찰편이 워낙 긴데다 묘용이 변화무쌍하여 가까이 가기가 두려웠다.

이건 도저히 무인들의 싸움이라 볼 수 없는데, 두 사람에겐 무인의 명예란 술 한 되보다 무겁지 않았다.

단소운은 이 모양 빠지는 싸움을 안 할 수도 없고, 할 수도 없는 묘한 처지가 되어버렸다.

괴상하게 생긴 두 녀석이 약을 바짝 올리는데, 이게 무슨 싸움인가.

서문홍주를 치자니 그녀의 곁에는 이미 도쟁선을 비롯한 환희방의 무인들이 새까맣게 호위하고 있었다.

아무리 생각해도 예감이 좋질 않았다.

그녀의 이런 불안감은 호교오군의 한 사람이 죽음으로써 점점 현실화되었다.

남아 있는 네 명의 호교사군도 지금 용악산 하나를 잡지 못해 쩔쩔매고 있었다.

애초 천산도객을 경시한 것이 문제였다.

호교오군 정도면 충분히 대접해 준 것이라고 생각한 것부터가 잘못이었다.

지옥혈마의 경우도 마찬가지였다.

북망동에서 열 손가락에 꼽히는 고수라고 들었는데 중검을 든 저 표범 같은 사내 하나를 어쩌지 못해 쩔쩔매다니.

　하룻강아지라고 생각했던 자가 어느새 자신의 적수가 되어 있는 걸 보면 무인은 피가 거꾸로 도는 법이다.

　그것을 증명하기라도 하듯이 지옥혈마의 검은 제 성질을 못 이겨 점점 난삽해지는 데 반해 표범 같은 사내의 검은 오히려 점점 정교해졌다.

　'이대로는 필패를 면치 못한다.'

　단소운의 생각이었다.

　하지만 이제 빠져나갈 수도 없었다.

　저들이 순순히 보내줄 리도 없거니와, 대문을 떡하니 막고 있는 거인도 문제였다.

　그는 싸움에 일절 가담하지 않고 무시무시한 대초자곤을 든 채 대문을 지키고 있었다.

　그냥 지키고만 있었다.

　마치 단 한 사람도 보내주지 않겠다는 듯.

　그 모습이 흡사 하늘에서 내려온 신장 같았다.

　담장을 통해 달아난다면?

　추혼독비를 뚫는 것은 저 거인을 상대하는 것보다 훨씬 어렵다.

　사방에서 날아오는 강철침을 상대하는 동안 저들이 넋 놓고 있지만은 않을 테니까.

　아무리 생각해도 방법이 없었다.

　'이대로 죽음을 맞이해야 한단 말인가. 생각지도 않은 곳

에서 생각지도 않은 자들에게…….'

그녀는 예측을 벗어난 상황에 익숙하지 않았다.

모든 것은 생각한 범위 내에서 이루어져야 했고, 지금까지
는 언제나 그래왔다.

이런 상념이 그녀의 집중력을 흐트러뜨린 것일까.

갑자기 손목 한쪽이 시큰하게 아려왔다.

"엇! 미안하오, 낭자!"

뱁새눈의 사내가 갑자기 붙었다가 떨어졌다.

하풍달이었다.

구혼나찰편에 갇혀 철판 위의 개구리마냥 팔짝팔짝 뛰던
놈이 어느새 일격을 가한 것이다.

그 자신도 어리둥절한 표정이었다.

치욕이다, 저런 허무맹랑한 작자에게 당했다는 것은.

한데 위기는 그것으로 끝나지 않았다.

"이 망할 년! 감히 서문홍주를 핍박했겠다."

혈압을 바짝 오르게 하는 욕설과 함께 몸을 날린 사내는 뱁
새눈의 사형으로 보이는 들창코였다.

당연하게도 그는 공춘보였다.

공춘보는 무식하게도 두 팔을 쫙 벌린 상태에서 단소운을
덮쳤다.

흡사 발정난 사내가 여인을 겁간하듯이.

"무례한!"

단소운이 황급히 구혼나찰편을 회수하려는데 꿈쩍도 하질 않았다.

저만치 채찍의 끄트머리를 아름드리나무에 열심히 감고 있는 사내.

하풍달이었다.

그 순간 묵직한 주먹이 시야를 꽉 채웠다.

단소운은 두 눈을 질끈 감았다.

짜악!

"앗!"

눈알이 빠지는 듯한 통증과 함께 세상에 노랗게 보여야 했다.

하지만 어찌 된 일인지 단소운에겐 그런 일이 일어나지 않았다.

슬며시 눈을 떠보니 자신의 눈동자를 향해 주먹을 내지르던 들창코가 저만치 널브러져 있었다.

배를 잡고는 벌레처럼 꿈틀꿈틀 하는데, 무언가에 제대로 맞은 것 같았다.

"고, 공 사형, 괜찮소?"

하풍달이 황급히 달려가 공춘보를 부축했다.

"껑…껑… 수, 숨이 안 쉬어져… 껑, 껑."

"엠병할, 그러니까 설레발을 작작 좀 치라니까!"

하풍달이 버럭 소리를 지르는 사이 어디선가 냉랭한 웃음

소리가 들려왔다.

"누가 감히 내 제자를 핍박하는 것이더냐!"

사람들의 시선이 모두 웃음소리가 난 곳으로 향했다.

추혼독비의 강철침이 난무하는 담벼락 한가운데 홀로 서 있는 추악한 몰골의 괴노파.

은발의 머릿결은 달빛에 더욱 신비하게 나부꼈고, 손에 쥔 오 장 길이의 은빛 채찍은 오금을 저리게 만들었다.

공춘보의 배를 격타한 것이 바로 저것이었다.

"사부님!"

단소운이 소리쳤다.

세상에 그녀에게서 사부라는 호칭을 받을 수 있는 사람은 단 한 명밖에 없다.

녹수파파.

전설 속의 여마두가 등장한 것이다.

"다친 데는 없느냐?"

"저보다 오교가 당했어요."

"이제 이 사부가 왔으니 염려 말거라."

녹수파파는 채찍을 크게 휘두르며 땅으로 내려섰다.

그녀의 채찍질 한 번에 단소운의 구혼나찰편을 묶어두었던 아름드리나무가 썩은 무처럼 잘려 나갔다.

서문홍주와 도쟁선은 경악을 금치 못했다.

방금 녹수파파 잘라낸 고목은 평범한 나무가 아니었다.

세상의 모든 나무들 중 가장 단단하다는 북방의 흑단목이었다.

단단하기가 강철에 버금갈 정도여서 저 나뭇가지로 타구봉을 만들어 개방의 분타주들에게 선물하곤 했다.

그러면 개방의 분타주들이 보물이라도 얻은 것처럼 좋아라하며 서문홍주에게 이런저런 소식들을 물어다 주곤 했다.

그런데 그 나무를 오 장 밖의 거리에서 가벼운 채찍질 한 번으로 싹둑 잘라 버린 것이다.

나무가 죽은 게 문제가 아니다.

녹수파파가 등장했다면 사태가 단번에 역전된다.

용악산은 네 명의 흑의인을 상대하느라 바쁘고, 표자룡은 지옥혈마 한 사람과 겨우 백중세를 유지하고 있었다.

공춘보와 하풍달은 단소운에게 상대가 안 되었지만 아직 죽을 때가 아닌지, 아니면 약삭빠른 건지 용케도 버티고 있었다.

그런 와중에 균형을 단숨에 무너뜨리는 강자의 등장이 두 사람에게 달가울 리 없었다.

그때 용악산이 소리쳤다.

"홍만, 도 총관을 도와 저 노파를 잡아라!"

용악산도 녹수파라를 그냥 두어선 안 된다고 생각한 것 같았다.

그녀가 나타났으니 단소운이 흑의인들과 함께 도망갈 일

은 더더욱 없었다.

결국 채홍만이 대문을 지키고 있을 이유가 없었다.

도쟁선은 용악산이 자신을 언급한 이유를 짐작했다.

채홍만 혼자서는 감당키 어려우니 자신도 가세하라는 뜻이 아닌가.

한쪽 어깨에 이미 검상을 입은 자신까지 가세해야 할 정도로, 그렇게 해서도 승부를 장담할 수 없었다.

녹수파파라는 이름이 주는 무게는 그만큼 무거웠다.

이제는 십종가라는 이름으로 하나가 되었지만 한때는 어엿한 한 마가의 가주였던 여인.

한 자루 나찰편에 의지해 천하를 종횡함에 있어 그 누구도 감당하지 못했던 철의 여인.

쑤에애애액!

은빛 나찰편이 허공을 갈랐다.

오 장의 공간이 횡으로 잘려 나가며 그 안에 있던 모든 화초와 나무들이 반 토막 났다.

환희방의 무인들은 숫자가 수십 명에 달했으면서도 감히 싸움에 끼어들 생각을 못했다.

눈앞에서 벌어지고 있는 이 싸움은 감히 자신들이 끼어들 수준이 아니었다.

그저 용맹함만 믿고 뛰어들었다가는 오히려 아군에게 거추장스럽기만 할 것이다.

적들은 자신들의 목숨을 안중에도 없는 것에 비해 금룡문의 사형제들은 오히려 자신들을 지키려 들 테니까.

그저 환희방의 무인들이 할 수 있는 것이라곤 서문홍주를 에워싸며 몸으로 때우는 것밖에 없었다.

그리고 채홍만과 도쟁선이 제발 저 괴물을 없애주기만을 바랄 뿐이었다.

"나찰편을 막아주게!"

도쟁선이 채홍만에게 소리쳤다.

그는 노강호다.

단숨에 이 싸움이 오래가지 않을 것이라는 걸 알았고, 조금이라도 기력이 남아 있을 때 녹수파파를 제압해야 한다는 걸 알았다.

"죽어랏! 할망구!"

채홍만이 우렁우렁한 목소리를 토해내며 대초자곤을 휘둘러갔다.

집채만 한 바위도 단숨에 가루로 내버리는 대초자곤이다.

녹수파파는 채찍을 휘둘러 대초자곤을 휘어 감지 않을 수 없었다.

설사 숨겨둔 함정이 있다고 해도, 설사 그녀가 금강불괴의 몸이라고 해도 머리통을 쪼개오는 저 무시무시한 대초자곤 앞에서는 담담할 수가 없었다.

그리고 그것이 도쟁선의 생각이었다.

“흥, 감히 어딜!”

예상대로 녹수파파가 채찍을 채홍만을 향했다.

그와 동시에 도쟁선은 곧장 녹수파파를 향해 신형을 쏘았다.

그런데 상황은 전혀 그의 뜻대로 펼쳐지질 않았다.

촤라라락! 쓰앙, 쩡!

순식간의 일이었다.

나찰편이 채홍만의 대초자곤을 싹뚝 자른 것이다.

그리고는 목을 마저 노렸다.

“앗! 위험해!”

서문홍주가 자신도 모르게 소리쳤다.

채홍만의 동작도 기민했다. 아니, 무식했다.

날카로운 교룡의 송곳니가 숭숭 박힌 나찰편의 끄트머리를 손으로 척 잡더니 한 팔에 휘감았다.

송곳니가 살을 두 치나 파고들면서 핏물이 탕약을 쥐어짤 때처럼 줄줄 흘러내렸다.

“어딜!”

‘그가 만들어준 기회를 살려야 한다!’

도쟁선은 달려가던 속도에 더욱 박차를 가했다.

기다란 채찍 때문에 근접전을 펼치지 못하던 그가 순식간에 일 장까지 다가갔다.

그는 혼신의 공력을 담아 일검을 내려쳤다.

"타앗!"

여러 번의 기회는 없다.

그는 처음부터 녹수파파 같은 노고수의 상대가 아니었다.

일체의 기교를 배제한 채 일직선으로 깊숙이 찔러 들어간 초식.

놀랍게도 녹수파파 역시 채홍만과 동일한 수법을 썼다.

두 손가락 사이에 도쟁선의 검끝을 끼우더니 눈에 보이지 않는 속도로 비틀어 버린 것이다.

가벼운 검이 엿가락처럼 구부러지더니 그 힘을 이기지 못해 툭툭 터져 나갔다.

하지만 이것 역시 도쟁선이 예상한 것이다.

어찌 일검으로 그녀의 옷자락을 건드릴 수 있겠는가.

도쟁선은 마지막 남겨두었던 모든 공력을 한 손에 담아 그녀의 가슴을 쳤다.

퍼엉!

공력이 일시에 분출하면서 엄청난 굉음이 났다.

하지만 녹수파파는 눈썹 하나 꿈쩍하지 않았다.

오히려 장법이란 이런 것이라는 걸 보여주듯 도쟁선의 가슴에 일 장을 가했다.

퍼엉!

도쟁선은 정신이 아득해지는 충격과 함께 저만치 나가떨어졌다.

숨이 막히고 온몸의 피가 역류했다.

갈비뼈가 모조리 나가고 내장도 진탕한 모양이었다.

그야말로 목숨을 보장할 수 없는 위급한 상황.

"도 노야!"

서문홍주가 환희방도들의 호위를 물리고 황급히 달려갔다.

그 사이 채홍만은 녹수파파와 힘겨루기에 들어갔다.

말이 힘겨루기지, 사실은 내력의 대결이었다.

녹수파파는 아직도 잡혀 있는 자신의 나찰편을 빼앗기 위해 안간힘을 썼다.

그런데 채홍만의 괴력은 상상을 초월했다.

팽팽한 나찰편은 금방이라도 끊어질 것처럼 위태로웠다.

"네놈은 도대체 어디서 온 괴물이더냐!"

하지만 채홍만은 대답을 할 수가 없었다.

단순히 힘 하나로만 따지자면 그는 천하의 어느 누구보다 강했다.

하지만 고수와의 대결은 단순히 힘으로 논할 수 없는 위험이 있었고, 지금의 경우가 그랬다.

계속해서 살 속을 파고드는 교룡의 송곳니.

녹수파파가 나찰편을 당기면 당길수록 그의 팔뚝은 점점 깊게 패여 갔다.

그렇다고 이걸 놓아줄 수도 없었다.

이걸 놓는 순간 나찰편은 저승사자의 손짓이 되어 장원 안에 있는 사람들을 도륙할 테니까.

'정면 대결이 불가피하다.'

마침내 결심을 한 채홍만은 적절한 때를 기다렸다.

녹수파파가 힘을 가하는 순간 그 역시 나찰편을 함께 잡아당겼다.

반동으로 채홍만의 신형이 쑥 딸려갔다.

오 장의 거리가 순식간에 사라졌다.

채홍만의 오른 손엔 이미 반 토막 난 대초자곤이 들려 있었다.

"부숴 버리겠다!"

괴성과 함께 채홍만의 대초자곤이 녹수파파의 머리 위로 떨어졌다.

하지만 그보다 먼저 그녀의 나찰편이 요술을 부렸다.

좁아진 거리만큼 여유가 생긴 나찰편이 살아 있는 뱀처럼 구부러지더니 채홍만의 허리를 휘감은 것이다.

"허억!"

대초자곤은 녹수파파의 머리를 아슬아슬하게 비껴갔다.

딱 반 촌 정도가 모자라 닿지 않은 것이다.

대신 채홍만의 몸은 거대한 힘에 이끌려 저만치 떨어져 나갔다.

원인은 허리에 감긴 나찰편.

팔 척의 거구 채홍만이 오 장 높이의 허공으로 부웅 날아올
랐다가 자연적인 낙하 속도보다 두 배나 빠르게 땅으로 곤두
박질쳤다.

그것 역시 나찰편이 당기는 힘 때문이었다.

퍼억!

이런 속도에는 낙법을 펼치고 말고 할 것도 없었다.

무방비 상태로 등부터 떨어진 채홍만은 극심한 통증을 느
꼈다.

하지만 이 정도로 쓰러질 그가 아니었다.

벌떡 일어나 허리춤을 감고 있는 나찰편을 다시 움켜쥐었
다.

한데 무언가 불같이 화끈한 고통이 아랫배에 전해졌다.

아래를 살펴보니 교룡의 송곳니가 어느새 허리를 파고들
었던 것이다.

"죽어랏, 이 곰 같은 놈!"

녹수파파의 동작이 갑자기 커지는가 싶더니 나찰편을 더
욱 세게 잡아당겼다.

이건 조금 전의 상황과 달랐다.

나찰편이 미리 허리를 파고든 덕택에 채홍만은 그것을 움
켜쥘 기회를 놓쳐 버렸다.

그리고 지금 나찰편은 점점 강한 힘으로 허리를 옥죄었다.

이대로 두면 아름드리나무처럼 몸통이 두 동강 날 상황.

스스로 죽기 전에는 절대로 죽을 것 같지 않던 채홍만의 목숨이 경각에 달렸다.

공춘보, 하풍달, 표자룡 모두 각자의 적들과 싸우는 중에도 이 모습을 지켜보았다.

두 사람의 싸움이 지금의 상황을 좌지우지할 수 있을 정도로 중요했기 때문이다.

"안 돼, 홍만아, 조금만 참아. 내가 구해줄게."

놀란 하풍달이 소리를 질렀지만 채홍만의 눈동자는 점점 정기를 잃어갔다.

과도한 출혈에 기혈까지 뒤집어진 탓이다.

그 순간 알 수 없는 거대한 힘이 녹수파파의 등을 가격했다.

퍼엉!

"욱!"

전대의 마두 녹수파파가 단말마까지 토해내며 앞으로 두어 걸음을 물러났다.

그사이에 서문홍주가 황급히 뛰어들어 채홍만의 허리에 감긴 나찰편을 풀었다.

환희방의 방도들이 우르르 달려와 채홍만을 부축했지만 채홍만은 그들을 모두 물리더니 한 놈의 바지를 와락 벗겨서 자신의 허리에 난 상처를 감쌌다.

채홍만이 그러는 동안 녹수파파는 자신을 가격한 사내를

노려보았다.

흔히 격공장이라 불리는 공부였다.

어떤 사람들은 장풍이라고도 한다.

허공을 격해 멀리 떨어진 상대에게 타격을 가하는 공부.

'격공장이라니… 격공장이라니…….'

그 사내는 지금 십여 장이나 떨어진 화초밭 한가운데서 호교사군을 상대로 고투를 벌이고 있었다.

호교사군 같은 고수들과 싸우면서도 백중세를 유지하는 것만도 경천동지할 일인데 그 틈에 자신에게까지 공격을 한다?

이는 장원 안에서 벌어지는 싸움을 모두 자신의 영향력 아래에 둔다는 뜻이 아닌가.

"그가 바로 천산도객이에요, 사부님."

녹수파파의 상념을 깨운 것은 공춘보와 하풍달을 잡기 위해 사방을 뛰어다니고 있는 단소운이었다.

"천산도객? 저놈이?"

그녀 역시 십종지룡의 행보에 정면으로 맞선 놈이 있었다는 얘길 들었다.

믿기지는 않지만 거의 탈취한 천마군림도를 놈이 빼앗아 강물에 버렸다고 한다.

십종지룡이 자신해서 이곳 강동 지방을 치는 것도 저놈 때문이라는 설이 있었다.

그와 정면 승부를 벌이고 싶은 것이다.

황하에서 받은 치욕을 되돌려주고 싶은 것이다.

물론 그녀는 모두 믿지는 않았다.

하지만 이제 와서 보니 어쩌면 그럴 수도 있을 것 같다는 생각이 들었다.

한 가지 분명한 것은.

'그냥 두어선 안 될 놈이다. 장차 십종가의 행보에 커다란 재앙이 될 녀석이다.'

녹수파파는 오늘 천산도객을 제거하기로 마음먹었다.

그러기 위해선 먼저 서문홍주를 잡아야 한다.

그녀가 신형을 날리는데 무언가로 허리를 질끈 동여맨 거인이 막아섰다.

채홍만이었다.

"이, 이런 괴물 같은 놈을 봤나."

"할망구, 끝장을 봐야지."

"도대체 왜?"

"난 대사형께서 명령하신 일은 한 번도 실패한 적이 없소."

"별 미친놈을 다 보겠군. 그 몸으로 나를 당할 수 있을 것 같으냐?"

"이젠 저도 있어요."

말을 하고 나선 사람은 서문홍주였다.

두 손엔 날이 시퍼런 왜도를 들었는데 그 자세가 범상치 않왔다.

"계집, 무공을 숨기고 있었군. 어디 숨겨둔 한 수가 어떤지 구경이나 해볼까."

녹수파파의 나찰편이 또 한 번 허공을 갈랐다.

저 길고 거추장스러워 보이는 물건을 어떻게 저리도 자유자재로 다룰 수 있는지.

그 순간 서문홍주의 신형이 번쩍하며 사라졌다.

놀랍게도 춤추는 나찰편을 뚫고 곧장 녹수파파를 향해 돌진한 것이다.

그건 도쟁선이나 채홍만은 보지 못한 빈틈이었다.

바람 같은 신법도 신법이거니와, 귀신같은 안법을 서문홍주는 언제 익혔을까.

돈의 흐름을 한눈에 본다더니, 이런 것도 그것과 연관이 있을까.

터무니없는 상상.

더욱 놀라운 것은 그녀의 도법이었다.

삭! 삭! 삭!

난삽한 파공성 한자락 없이 매끈하게 가르고 찌르는 초식이 흡사 능라비단을 재단하는 장인의 솜씨를 보는 것 같았다.

하지만 녹수파파를 상대하기엔 부족했다.

따라라랑! 깡!

그녀의 나찰편 끝에 달린 교룡이 송곳니가 십여 차례 서문홍주의 칼을 때렸다.

마지막 끝에 달린 유성추가 그녀의 어깨를 찢어 놓음과 동시에 기어이 칼을 튕겨냈다.

휘청하며 튕겨난 서문홍주의 칼은 호선을 그리며 반대 방향을 공격했다.

수세를 공세로 전환하는 놀라운 솜씨.

나찰편을 회수하기에는 늦다.

장병기의 단점은 바로 이런 것이다.

근접전에서 상대의 검이 단번에 공수를 전환할 때 필연적으로 드러날 수밖에 없는 빈틈.

녹수파파는 불에 덴 사람처럼 황급히 두 걸음을 물러났다.

그리고 두 눈을 부릅뜬 채 물었다.

"그 도법을 누구에게 배웠느냐?"

"어미가 남긴 도법서를 보며 혼자 익혔죠."

"네 어미가 누구더냐?"

"그걸 알고 나를 찾아왔던 것 아닌가요?"

서문홍주가 가쁜 숨을 몰아쉬며 대답했다.

그녀의 어깨에서 흘러내린 붉은 피가 어느새 얇은 적삼을 적시고 있었다.

단 한 번의 공격에서 그녀는 가볍지 않은 상처를 입은 것이다.

채홍만에 이어 그녀까지 부상을 입게 되자 사태는 명약관

화했다.

　하늘이 뒤집어져도 두 사람은 녹수파파를 이길 수 없었다.

　한편 녹수파파는 아직도 공춘보와 하풍달을 잡으러 다니고 있는 단소운을 보았다.

　자신의 제자인 단소운이 이곳으로 들어온 것은 필시 서문홍주를 납치하기 위해서가 틀림없었다.

　어찌 된 영문인지 묻고 싶었지만 단소운은 지금 화초밭을 뛰어다니며 술래잡기(?)를 하느라 정신이 없었다.

　'일단 잡고 보면 알겠지.'

　그녀가 나찰편의 손잡이를 잡고 쪽 찢자 나찰편이 두 개로 변했다.

　구혼나찰공!

　녹수파파를 거마두의 반열에 오르게 한 성명절기가 펼쳐지려는 순간이었다.

　더 이상 시간을 끌지 않겠다는 의미.

　"조심하세요."

　서문홍주가 채홍만에게 말했다.

　그녀가 해줄 수 있는 말은 그것밖에 없었다.

　"애송이들을 상대하기 위해 구혼나찰공을 펼치게 될 줄은 몰랐다. 하지만 그 아이의 전인이라면 그 정도 대우는 해줘야겠지."

　녹수파파가 말한 그 아이는 서문홍주의 어미인 청연을 말하는 것이었다.

원래 청연은 설산빙녀(雪山氷女)라고 불리던 십종가의 인물이었다.

무공보다는 아름다움으로 이름을 떨쳤던 여자.

미모가 지나쳐 장차 화를 불러올 것이라고 했던 여자.

그 여자의 후예가 이곳 항주에 있을 줄이야.

그때 어디선가 탁한 목소리가 들려왔다.

"늙은이들은 늙은이들끼리 싸우는 게 어떻겠소?"

第九章
야천왕과 서문홍주

天山刀客

사람들의 시선이 일제히 소리가 난 곳으로 향했다.

저만치 활짝 열린 대문 사이로 땅딸막한 초로인 하나가 키만큼이나 큰 대검을 들고 나타났다.

녹수파파는 눈썹을 살짝 치켜뜨며 물었다.

"노괴는 누구요?"

"괴이하기로는 할망구도 나 못지않구려."

그때 단소운이 황급히 소리쳤다.

"사부님, 그가 바로 야천왕이에요."

녹수파파는 상당히 놀랐다.

북망동에 뿌리를 알 수 없는 엄청난 강자가 웅크리고 있다더니 그가 직접 나타날 줄이야.

녹수파파는 단숨에 돌아가는 상황을 파악했다.

환희방주는 바로 야천왕이라는 저 노인과 필시 깊은 관계가 있고, 그걸 눈치챈 단소운이 환희방주를 납치하려 한 것이다.

그 과정에서 뜻하지 않게 금룡문의 제자들이 개입을 했다.

이미 많은 사상자가 났다.

일이 이렇게 된 이상 일전이 불가피하다.

아군이 아니면 죽일 수밖에.

"어디, 실력이 어느 정도인지 한번 볼까?"

촤라라락.

두 개의 나찰편이 거짓말처럼 녹수파파의 손으로 빨려들어 갔다.

야천왕도 등에서 대검을 뽑아 들었다.

대가의 풍모가 느껴지는 동작.

오 장의 거리를 두고 살벌하게 마주 선 두 사람은 한동안 서로를 노려보았다.

하지만 두 사람을 에워싼 공기는 바늘 하나 찌를 틈도 없을 만큼 촘촘했다.

침묵이 이어졌지만 두 사람의 머릿속에서는 치열한 싸움이 벌어졌다.

누군가 빈틈을 발견하고 선공을 하는 순간 본격적인 싸움이 시작될 것이다.

그때부턴 찰나의 실수가 생과 사를 가를 것이다.

이윽고 녹수파파의 채찍이 허공을 쪼갰다.

쫘아아악! 쫘아아악!

귀청을 찢는 두 줄기의 굉음.

공간을 찢어발기며 쏘아져 나간 채찍은 야천왕의 허리를 정확히 감았다.

아름드리 고목을 잘라 버리는 채찍이다.

야천왕이 몸이 무쇠로 만들어진 것이 아닌 이상 두 동강 날 수밖에 없는 상황.

하지만 채찍이 자른 것은 야천왕의 잔상이었다.

순식간에 몸을 뺀 야천왕은 두 줄기 채찍 사이를 파고들어 왔다.

녹수파파의 공수전환도 불가사의할 정도로 빨랐다.

쫘아아악! 쫘아아악!

하염없이 뻗쳤던 채찍이 외로 꼬이는가 싶더니, 동그란 모양을 만들면서 파도를 쳤다.

녹수파파와 야천왕 사이의 공간이 나찰편이 만드는 원으로 가득 찼다.

원의 파도를 따라 야천왕의 칼도 춤을 추었다.

앞의 파도를 피하고 뒤의 파도를 쳐내고, 그렇게 조금씩 녹수파파의 안쪽을 파고들었다.

그 모습이 꼭 조롱(鳥籠) 속에 든 새가 날갯짓을 하는 것 같

있다.

사람들은 자신의 눈을 의심하지 않을 수 없었다.

빗방울도 뚫을 수 없을 것처럼 보이는 저 편망을 뚫고 나아가다니.

그 편망 속에서 한바탕 칼춤을 추다니.

야천왕이 측량할 수 없는 강자라는 소문은 들었지만 이 정도일 줄은 몰랐다.

하지만 두 사람은 쉽게 우열을 가리지 못했다.

야천왕도 강했지만 녹수파파 역시 야천왕 못지않게 강했기 때문이다.

"이제 마무리를 하지."

용악산은 남은 네 명의 흑의인을 향해 말했다.

강호의 격언 중에 비무 백 번이 실전 한 번만 못하다는 말이 있다.

표자룡은 지옥혈마를 상대로 이미 삼매의 경지에 들어섰다.

이제 남은 것은 그가 껍질을 깨고 나오는 것이다.

공춘보와 하풍달은 아무래도 포기해야 할 것 같았다.

저들이 실전을 통해 무언가를 깨우치기란 불가능한가 보다.

어쨌든 멸천대와 요동별기군이라는 대적을 눈앞에 두고

이만큼의 수련을 했으면 족했다.

더 이상은 시간을 끌 것도, 사정을 봐줄 것도 없었다.

갑자기 돌변한 용악산의 눈빛에 일교는 표정이 굳었다.

시선을 마주하는 것만으로도 폐부 깊은 곳에서부터 느껴지는 정체 모를 공포.

무공이란 무엇일까?

무엇이관대 때로는 인간의 한계를 벗어난 어떤 예감을 느끼게 해주는 것일까.

일교는 오늘 이곳이 자신이 죽을 장소라는 걸 직감했다.

공간을 압박해 오는 저 거대한 존재감.

오래전에도 이런 공포감을 느끼게 해준 이가 있었다.

그가 누구였더라…….

이런 공포감을 준 존재라면 단번에 기억이 날 텐데도 어찌 된 일인지 선뜻 머릿속에 떠오르질 않았다.

죽음을 앞둔 공포감 때문일까,

아니면 저 사내의 존재감으로 인해 정신이 마비된 것일까.

그때쯤엔 용악산의 신형이 태산처럼 커져 있었다.

무인답게 죽자.

모두가 같은 느낌, 같은 생각이었다.

네 개의 칼이 하나의 신형을 향해 뻗쳤다.

각각 다리, 허리, 가슴, 목을 노리고 공간을 쪼개갔다.

분원폭멸(忿怨爆滅)!

마지막 남은 진기 한 줌까지도 끌어올려 마지막 일 초에 모두 담아내는 이 공격은 동귀어진을 위한 마공이었다.

이 한 수가 성공하지 못하더라도 자신들은 온몸의 뼈가 부서지고 근육이 찢어지는 화를 면할 수가 없었다.

호교사군은 돌아올 수 없는 강을 건넜다.

하지만 칼에는 묵직한 충격이 전해지지 않았다.

그들은 그저 한줄기 돌풍이 자신들을 통과하는 느낌을 받았을 뿐이다.

"……!"

잠시 침묵이 이어졌다.

호교사군을 향해 질주하던 용악산의 신형은 이미 저만치 멀어져 있었다.

사람들은 용악산과 흑의인들을 번갈아 보았다.

지금의 상태에서는 도무지 싸움의 결과를 예측할 수가 없었다.

그때 흑의인들에게서부터 변화가 생겼다.

한 사람이 앞으로 풀썩 허물어진 것이다.

그건 허물어졌다고밖에는 달리 표현할 길이 없었다.

썩은 고목이 쓰러지듯, 모래성이 허물어지듯 그렇게 허물어졌으니까.

그리고는 칠공에서 피를 쏟으며 죽어갔다.

뒤를 이어 나머지 세 사람도 같은 모양으로 쓰러졌고, 또 죽어갔다.

가장 마지막에 쓰러진 일교는 숨이 끊어지기 직전 자신에게 이런 공포감을 주었던 과거의 한 사람을 마침내 떠올렸다.

"대종사의… 전인이… 나타났……."

이 사실을 알려야 한다는 의무감에 목소리를 쥐어짰지만 아무도 듣지 못했다.

그것이 그가 이승에서 남긴 마지막 말이었다.

쏴애애액!

표자룡의 검이 사라졌다. 아니, 수십 개로 늘어났다.

허상과 실체가 구분되지 않은 검영이 공간을 가득 메웠다.

지옥혈마의 검도 그만큼 늘어나 있었고, 또 부딪쳤다.

까가가가강!

수백 개의 칼을 동시에 때리면 이런 소리가 날까.

불과 반 장의 거리를 두고 필살의 격돌을 하고 있는 두 사람 사이에는 숨 막히는 긴장감이 흘렀다.

반 장이면 검을 직선으로 찔렀을 때 상대의 심장을 꿰뚫을 수 있는 거리다.

그런데 두 사람은 그 거리에서 오직 초식의 빠르기만으로 공방을 벌였다.

육참골단(肉斬骨斷).

살을 주고 뼈를 취할 심산이 아니라면 도저히 생각할 수 없
는 근접전.

한 번의 실수가 돌이킬 수 없는 결과를 가져온다.

그리고 그 실수가 드러나는 순간 싸움도 끝날 것이다.

이런 식의 고도의 집중력이 필요할 때는 아무래도 경험이
승패를 좌우한다.

지옥혈마는 백전노장의 노강호였다.

그에 반해 표자룡은 젊었고, 그만큼 실전 경험이 부족했
다.

또 하나, 표자룡은 지옥혈마에 비해 공력이 현저히 얕았
다.

표자룡은 시간을 끌수록 자신에게 불리하다는 걸 알고 있
었다.

알면서도 어쩔 수 없다는 것은 바로 이런 경우를 두고 하는
말일 것이다.

그때 언젠가 용악산이 자신에게 해 준 말이 생각났다.

"공간을 넘어서라. 그 순간 틈은 무궁무진하게 펼쳐질 것이다."

공간을 넘어설 수 있는 힘은 어디서 오는 걸까.

시간을 벨 수 있는 경지는 언제쯤 자신을 찾아올까.

그 순간 어디선가 낯익은 목소리가 머릿속에서 울렸다.

[집중해! 시간을 베는 것은 육체의 힘이 아니야!]

용악산이었다.

표자룡의 머릿속에서 천둥 번개가 쳤다.

공간을 장악하는 것은 인간의 영역이지만 시간을 장악하는 것은 귀신(鬼神)의 영역이다.

귀신은 영체, 곧 집중력이다.

오직 집중력으로서만 귀신의 영역을 볼 수 있는 것이다.

대오각성(大悟覺醒)의 순간이었다.

표자룡의 머릿속을 복잡하게 만들던 상념들이 썰물처럼 사라졌다.

의식이 사라지고 두려움이 사라졌다.

그리고 가을의 매미 껍질처럼 모든 것이 텅 비어버렸다.

표자룡의 손에서 검이 사라진 것도 동시였다.

"환검무영(幻劍無影)!"

지옥혈마의 입에서 나직한 탄성이 터져 나왔다.

환검에는 그림자가 없다.

그림자도 따라잡지 못할 만큼의 극쾌의 경지를 일컫는 데서 유래된 말.

갑자기 두 사람이 격돌을 벌이고 있는 공간에서 핏물이 사방으로 튀었다.

핏물은 점점 그 양이 많아졌고, 결국은 두 사람 모두 시뻘건 혈인이 되었다.

“헛!”

먼저 몸을 뺀 사람은 지옥혈마였다.

그 찰나의 순간에서 몸을 빼는 재주만큼은 불가사의할 정도였다.

거친 숨을 몰아쉬는 표자룡에 비해 지옥혈마의 숨소리는 안정적이었다.

하지만 그의 온몸은 칼로 난자를 당한 상태였다.

바짓가랑이를 타고 주르륵 흘러내리는 피의 주인도 그였다.

지옥혈마는 고통 따위는 잊은 듯 잔뜩 일그러진 얼굴로 목소리를 쥐어짰다.

“네놈이… 환검을 얻었을 줄이야!”

그는 이미 더 이상 싸울 수가 없었다.

싸움을 지속할 수 없기는 표자룡 역시 마찬가지였다.

마지막 남은 한가닥 진기마저 빠져나간 듯 그는 녹초가 되었다.

하지만 육체의 피로함과는 별도로 그의 정신은 한없이 맑았다.

그는 천천히 고개를 숙여 자신의 손에 쥐어진 중검을 보았다.

드디어 환검을 얻었다.

그토록 열망하던 환검을 이 손으로, 이 검으로 펼친 것이다.

오래전 금부투왕을 상대할 때도 환검을 보긴 했다.

하지만 그때는 용악산이 암중에서 검을 조종했을 뿐, 스스로 펼친 것이 아니었다.

'이제 환검무영이라는 별호가 부끄럽지 않겠어.'

금부투왕과의 싸움 후 사람들은 자신을 환검무영이라고 불렀다.

환검을 얻지도 못한 자에게 환검무영이라니.

하지만 이제는 다르다.

그때쯤엔 용악산이 흑의인 다섯을 모두 해치우고 자신의 곁에 와 있었다.

표자룡은 뜨거운 눈으로 용악산을 바라보았다.

"대사형……!"

"수고했다."

무뚝뚝한 한마디였지만 그동안의 노고를 모두 보상받고도 남았다.

환희방의 방도들은 사기가 충천했다.

지금까지 악전고투를 벌이던 용악산이 단 한 수에 거짓말처럼 흑의인들을 죽였다.

이어 표자룡까지 지옥혈마를 불능의 상태로 만들어놨다.

지옥혈마는 기력이 남아 있을 때 당장에라도 도주를 하고

싶어하는 눈치였지만 다른 이들의 눈치를 보느라 몸을 빼지
못하고 있었다.

그 사람들은 바로 단소운과 녹수파파였다.

용악산과 표자룡이 자유의 몸이 된 이상 저들의 눈치도 두
렵지 않았다.

두 사람이 가세한다면 저들을 꺾는 것이 어렵지 않다는 걸
알기 때문이다.

하지만 용악산과 표자룡은 조용히 싸움을 지켜보기만 했
다.

녹수파파와 야천왕은 모두 희대의 강자들.

그런 그들의 싸움에 외인이 끼어든다는 것은 두 사람 모두
를 욕보이는 짓이었다.

단소운은 아직도 화초밭의 저만치 구석에서 공춘보와 하
풍달을 상대로 쫓고 쫓기는 싸움을 벌이고 있었다.

두 사람이 공수를 번갈아 하며 치고 빠지는 작전에 그녀도
이제 질릴 대로 질린 상태였다.

체력이 문제가 아니라 마음의 문제다.

제아무리 수양이 깊은 사람도 이런 식으로 싸움을 하면 화
가 머리끝까지 치솟을 수밖에 없다.

단소운은 시뻘겋게 충혈된 눈으로 두 사람을 무섭게 핍박
해 갔다.

몇 차례 채찍으로 등짝을 후려치기도 했다.

하지만 어찌 된 일인지 저 들창코와 뱁새눈은 '앗 뜨거!' 하는 비명만 한 번 지를 뿐, 또다시 줄행랑을 놓는 것이었다.

그 무렵, 녹수파파와 야천왕의 싸움도 종반으로 치달았다.

야천왕의 대검이 두 개의 채찍 중 하나를 뎅겅 잘라 버렸기 때문이다.

야천왕은 두 개의 채찍을 모두 사용해도 승부를 장담할 수 없는 고수.

녹수파파는 곧 수세에 몰렸고 무섭게 빗발치는 야천왕의 검을 피하기에 급급했다.

그때,

"이놈의 거추장스러운 물건!"

야천왕은 하나 남은 채찍마저도 성가셨는지 대갈일성과 함께 뎅겅 잘라 버렸다.

채찍은 이제 두 개 모두 반 토막이 났다.

반 토막이 났어도 여전히 이 장이 넘는 장병기였다.

하지만 예전의 그 신비막측한 묘용은 더 이상 볼 수 없었다.

어느 순간 녹수파파의 채찍이 뻣뻣하게 굳더니, 두 개의 봉으로 변했다.

부드러운 채찍에 강기를 주입한 것이다.

그건 실수였다.

본시 강한 것은 부러지기 쉬운 법.

눈 깜짝할 사이에 야천왕의 대검이 두 개의 봉을 한꺼번에 잘라 버렸다.

녹수파파가 황망한 표정이 되는 사이 야천왕의 검봉이 날카로운 파공성과 함께 그녀의 목젖 한 치가량 앞에서 멈췄다.

써엉!

한자락 검풍이 그녀의 은빛 머리카락을 흩날렸다.

녹수파파의 얼굴이 움찔했지만 그것으로 끝이었다.

"실력이 제법이군."

야천왕이 말했다.

그건 진심이었다.

비록 자신에게 패하기는 했지만 아직 자신으로 하여금 백여 초를 펼치게 한 무인은 없었으니까.

하지만 녹수파파는 잔뜩 일그러진 얼굴로 말했다.

"늙은 노파를 희롱할 셈인가."

"희롱이 아니오. 정말 멋진 편공이었소."

"당신은 나보다 더 강하고."

"그렇기야 하지. 후훗."

야천왕은 겸양을 하지 않았다.

더불어 검을 거두어 등에 멘 검집에 척 꽂아 넣었다.

"무슨 뜻인가?"

"돌아가서 그대들의 주인에게 내 뜻을 그대로 전하시오.

내 뜻은 당신의 제자가 이미 알고 있소."

야천왕이 씩씩거리며 공춘보와 하풍달을 쫓고 있는 단소운을 가리켰다.

망측한 그 모습에 녹수파파는 인상을 찡그렸다.

자신의 제자 단소운은 어디서도 저렇게 경망스럽게 행동을 하는 아이가 아니었다.

한데 어쩌다 저리되었는가.

그녀는 다시 고개를 돌려 용악산을 바라보았다.

저 괴상한 녀석들의 사형이라는 자.

"십종지룡이 너를 노리고 있다. 각오는 되어 있겠지?"

"지금이라도 늦지 않았으니 여생을 편안히 사시는 방법을 고려해 보시오."

"무슨 뜻이냐?"

대답은 곁에 있던 야천왕이 했다.

"껄껄껄, 죽을 날이 얼마 남지 않았으니 어여쁜 제자와 함께 초야에 묻혀 지내라는 뜻 아니겠소? 나처럼 말이오."

녹수파파는 용악산을 향해 인상을 한 번 찡그린 후 등을 돌려 단소운을 향해 신경질적으로 소리쳤다.

"그놈들일랑 내버려 두고 나를 따라오너라!"

흥분으로 잠시 판단력이 흐려졌지만 단소운은 미련한 여자가 아니었다.

그녀는 곧 자신의 실책을 후회하며 황급히 달려왔다.

녹수파파가 야천왕에게 말했다.

"다시 만나게 될 거요."

"뭐, 그러시던지."

녹수파파는 단소운을 데리고 서둘러 장원을 빠져나갔다.

중상을 입고도 경이적인 정신력으로 버티고 있던 지옥혈마는 표자룡을 향해 무섭게 일갈했다.

"네놈은 반드시 내 손에 죽게 될 것이다."

그 순간 어디선가 신발 한 짝이 날아와 지옥혈마의 뒤통수를 사정없이 후려쳤다.

휙 고개를 돌려보니 공춘보가 깽깽 발을 떼며 달려오고 있었다.

그는 자신이 던진 신발이 지옥혈마를 맞춘 걸 알고 화들짝 놀랐다.

"헉, 난 저 계집을 맞추려 한 것인데."

이건 실수다.

극심한 부상으로 기혈이 고르지 못해 뒤통수에 이는 바람을 알아차리지 못했다.

피가 거꾸로 솟은 지옥혈마가 그 몸으로도 검을 움켜쥐려는데…….

"살려줄 때 조용히 가시오."

표자룡이 말했다.

지옥혈마는 다시 한 번 표자룡을 무섭게 노려본 후 녹수파파와 단소운이 사라져 간 방향으로 황급히 달려갔다.

흉수들이 일제히 사라지자 환희방도들이 환호성을 질렀
다.

"어떻게 감사를 드려야 할지……."

서문홍주가 용악산을 향해 말꼬리를 흘렸다.

"나도 감사를 드려야 하오?"

용악산이 말했다.

"무슨……?"

"금룡관이 어려울 때 방주께서 개파를 할 수 있도록 도움
을 준 것 말이오."

"그건……."

"피차 불필요한 격식은 생략하도록 합시다."

두 사람의 대화에 갑자기 공춘보가 끼어들었다.

"맞습니다, 맞아요. 우리가 어디 남입니까?"

서문홍주는 가볍게 웃고 말았다.

잠시 어색한 침묵이 이어졌다.

사실 공춘보와 하풍달은 지금의 이 자리가 무척이나 어렵
고 낯설었다.

우선 그 유명한 서문홍주를 두 사람은 오늘 처음 보았다.

이런저런 일로 용악산이야 뻔질나게 드나들었지만 두 사
람에겐 그런 기회가 없었다.

그런데 오늘 실물로 보니 과연 눈알이 툭 튀어나올 정도의 절세가인이지 않은가.

두 사람은 서동의 술친구들에게 자랑할 생각에 가슴이 벅차올랐다.

게다가 지금 이 자리에는 야천왕도 있었다.

북망동의 그 어떤 흉신악살들도 벌벌 떨게 만든다는 신비의 고수.

북망동 최고의 인물 두 사람을 한꺼번에 마주하고 있다니.

'아아, 누가 이걸 믿겠어.'

'진짜 예쁘다!'

하풍달과 공춘보가 각각 이런 생각을 하는 사이 야천왕이 용악산에게 물었다.

"자네가 쓰러뜨린 흑의인들이 누군지 아는가?"

"호교오군입니다."

"호교오군을 안다면 그들이 십종가에서 차지하고 있는 위치가 어느 정도인지도 알겠구먼. 호교오군은 단순한 호법들이 아닐세. 녹수파파의 제자가 워낙 귀한 존재인지라 그런 강자들을 붙여둔 것이지."

용악산은 의외였다.

북망동에만 웅크리고 있다기에 바깥세상 돌아가는 물정엔 어두울 줄 알았더니, 놀랍게도 야천왕은 신교의 인물들과 속사정을 줄줄이 꿰고 있었다.

“하시고자 하는 말씀이 무엇입니까?”

용악산의 말투가 어쩐지 쌀쌀맞게 들렸다.

“금룡문이 저들의 주적이 되었단 말이네.”

“뜨헙!”

“커헉!”

곁눈질로 서문홍주를 훔쳐보던 공춘보와 퍼뜩 정신을 차렸다.

지옥혈마와의 싸움을 복기하느라 상념에 빠져 있던 표자룡도 무거운 얼굴로 고개를 들었다.

“어차피 한 번은 부딪칠 사이였습니다.”

“딴엔 그렇기도 하겠군. 하면 방책은 있는가?”

“준비 중입니다.”

“서둘러야 할 걸세. 어젯밤 무림맹 총단이 마인들의 수중에 떨어졌다는군. 오늘 새벽에는 신창양가마저 항복을 했다고 하네. 녹수파파의 제자에게 직접 들었으니 틀림없는 사실이지.”

“헉! 신창양가가 무너지면 남궁세가가 코앞인데.”

호들갑을 떤 사람은 공춘보였다.

야천왕에게 직접 묻고 싶은 마음이 굴뚝같았지만 워낙 신분의 차이가 큰지라 이렇게 추임새를 넣으며 은근슬쩍 질문을 하는 것이었다.

그런데 영광스럽게도 야천왕이 공춘보의 이름을 물어왔다.

“자네 이름이 뭔가?”

“공춘보입니다.”

“자네 말이 맞네. 남궁세가가 얼마나 버텨주느냐에 따라 다르겠지만 지금까지의 기세로 보자면 보름 정도면 항주까지 닿을 것이네.”

용악산은 고개를 돌려 서문홍주에게 물었다.

“저들이 항주로 들어오면 환희방도 무사하지 못할 것입니다. 실례되는 말인 줄은 알지만 방도들과 함께 잠시 소나기를 피해 가는 것이 어떻습니까?”

“무슨 말씀인가요?”

“금룡문의 장원이 산봉우리에 지어져 요새와 같으니 수성을 하기에는 유리할 것입니다. 십지환가의 고인들께서 기관진을 매설해 주신 것도 있고요.”

“말씀은 고맙지만 전 이곳을 지키겠습니다.”

“방주께서 장원을 얼마나 힘들게 가꾸었는지는 알고 있습니다. 하지만 우선은 보중을 하는 것이 중요하지 않겠습니까.”

“방주는 걱정할 필요 없네.”

말을 자르고 들어온 사람은 야천왕이었다.

“무슨 뜻입니까?”

용악산이 물었다.

이번에도 목소리에는 약간의 가시가 돋친 느낌이었다.

“방주는 내가 지킬 걸세.”

‘이 늙은이가 지금 무슨 말을 하는 거야.’

공춘보의 눈매가 묘하게 뒤틀리며 야천왕을 향했다.

서문홍주가 야천왕의 여자라는 소문이 사실이었던 걸까.

아무리 신비로운 고수라도 이럴 때는 반감이 생기게 마련
이다.

육순을 훌쩍 넘긴 것 같은 나이에 손녀뻘이 되는 여자를 탐
하다니.

야천왕을 대하는 용악산의 태도가 거칠었던 것도 그런 이
유가 아니었을까.

용악산은 곤란했다.

그 역시 뒷맛이 개운치 않았지만 서문홍주가 곁에 있으니
이런저런 말들을 하기가 여간 껄끄러운 게 아니었다.

“손을 빌려주신 것은 감사합니다만, 그것으로 방주를 옭아
매려 하신다면 곤란합니다.”

나직한 음성. 함부로 마수의 손길을 뻗쳤다가는 좌시하지
않겠다는 뜻이다.

용악산의 목소리에서 적의를 느꼈음인지 야천왕의 목소리
또한 부드럽지 않았다.

“그래도 내가 이 아이를 지켜주겠다면.”

“제가 언제나 곁에 있다는 걸 상기하셔야 할 겁니다.”

대화의 초점이 약간 빗나갔다.

하지만 야천왕은 용악산의 말뜻을 알아들었다.

"자네가 무엇이관대."

"벗이지요."

"벗이라……."

야천왕은 잠시 고개를 돌려 서문홍주를 향해 물었다.

"너도 그렇게 생각하느냐?"

서문홍주는 선뜻 대답을 못했다.

야천왕은 다시 고개를 돌려 용악산에게 말했다.

"사내가 여자를 지켜준다고 할 때는 목숨을 걸어야 하네. 자넨 그럴 수 있겠는가."

"그녀보다 먼저 죽는 일은 없을 거라고 약속할 수 있습니다."

죽는 순간까지 지켜주겠다는 뜻이다.

대화가 점점 묘하게 진행되고 있었다.

이건 마치 용악산이 서문홍주를 여인으로 여기는 것처럼 보이지 않는가.

야천왕은 속을 환히 들여다보는 것처럼 매서운 눈으로 용악산을 응시하더니 조용히 자리에서 일어섰다.

그는 떠나기 직전 서문홍주를 보며 말했다.

"나와는 달리 약속을 지킬 놈이로구나. 눈을 보면 알지."

"……?"

"저런 녀석은 아무 때나 만날 수 있는 게 아니다."

야천왕은 그 말을 끝으로 조용히 사라졌다.

또다시 이어지는 침묵.

공춘보와 하풍달은 서로의 옆구리를 쿡쿡 찌르며 야천왕이 남긴 마지막 한마디를 해석하느라 바빴다.

[저거, 지금 서문홍주를 포기하겠다는 소리지?]

[정확히 말하면 대사형에게 양보하겠다는 소리 같은데요.]

[으에? 그럼 사매는 어쩌고.]

[아닌가? 그냥 마음에 들면 얼른 붙잡으라는 소린가?]

[마, 그게 그거잖아.]

이쯤에서 공춘보는 실례를 무릅쓰고 묻지 않을 수 없었다.

"저기… 방주님."

"네, 말씀하세요."

"그게 그러니까……."

"제가 야천왕의 여자냐구요?"

"뭐, 꼭 그렇다는 건 아니고."

공춘보의 눈치없는 행동에 기겁을 한 하풍달이 사정없이 옆구리를 꼬집었다.

공춘보의 얼굴이 마비 상태가 되더니 혓바닥을 한 자나 내밀었다.

"방주님, 신경 쓰지 마십시오. 저의 둘째 사형이 원체 생각이 없어서리. 제가 대신 사과드리겠습니다."

"그는 내 아버지일지도 몰라요."

하풍달의 표정이 딱딱하게 굳었다.

옆구리를 방정맞게 문지르던 공춘보가 두 눈을 부릅뜨고 물었다.

"그게 무슨 말씀입니까? 아버지면 아버지지, 아버지일지도 모른다는 건……."

"춘보, 무례하게 굴지 마라."

보다 못한 용악산이 공춘보를 나무랐지만 오히려 서문홍주가 만류했다.

"아니에요. 어차피 이렇게까지 된 거, 말씀드릴래요. 제가 기녀의 몸을 빌려 태어났다는 건 아실 테죠?"

아무도 대답하지 않았다.

딱히 대답을 원한 질문도 아니었거니와, 알은 척을 할 수도 없는 질문이었다.

서문홍주는 잠시 사이를 두었다가 무겁게 입을 열었다.

"야천왕은 오래전 제 어머니와 교분을 나눈 사람들 중 한 명이에요."

그녀는 계속해서 설명을 했고 하나같이 놀라운 얘기들이었다.

서문홍주는 열 살이 되던 해까지도 자신에게 아비가 있다는 생각을 못했다.

그런데 언제부턴가 자신을 보호해 주는 어떤 힘이 있다는 걸 느꼈다.

재물을 불리는 것도, 이 험한 북망동에서 오늘날의 환희방을 세운 것도 바로 그 암중의 힘이 없었다면 불가능했다.

그녀는 그 힘의 실체를 하나씩 추적해 들어가다 마침내 한 사람과 맞닥뜨렸다.

그게 야천왕이었다.

야천왕은 그저 서문홍주의 어미와 술벗이었다고만 했지만 서문홍주는 직감적으로 느낄 수 있었다.

그가 자신의 아버지일지도 모른다는 것을.

"그런데 왜 스스로를 아버지라고 밝히지 않은 거죠?"

공춘보가 또 물색없이 물었다.

"그거야… 그분을 잃으신 것처럼 방주를 지켜주지 못 할까 봐서겠지요."

하풍달이 버럭 화를 내려다가 서문홍주의 눈치를 살피며 목소리를 낮추었다.

그분이란 청연을 말하는 것이었다.

하풍달은 내친김에 얼른 분위기를 전환시켰다.

"자자, 그 얘긴 그만하고, 우리에게 닥친 일이나 걱정을 합시다."

"우리에게 닥친 일이라니?"

"이렇게 답답하다니까. 아까 야천왕이 한 말 못 들었소? 무림맹과 신창양가가 마귀들의 수중에 떨어졌다지 않소."

"마, 맞다. 대사형, 우리가 지금 이러고 있을 때가 아닙니다. 얼른… 얼른……."

공춘보는 뒷말이 생각나지 않아 계속 얼버무리기만 했다.

막상 말을 하고 보니 무슨 준비를 어떻게 해야 하는 건지 생각이 나질 않았기 때문이다.

그때 용악산의 몸을 일으키며 말했다.

"일단 사문으로 돌아간다."

사형제들이 우르르 일어나는 사이 용악산은 서문홍주에게 말했다.

"아까 내가 부탁한 것……."

"무슨 말씀인지 알겠어요. 최대한 서둘러 볼게요."

"번번이 미안하군요."

"저도 미안하다고 해야 하나요?"

"무슨?"

"저 때문에 십종가의 경계를 한 몸에 받게 생겼으니 말이에요."

"어차피 부딪칠 사이였다니까."

용악산은 무뚝뚝한 표정으로 돌아섰다.

돌아서는 그의 뒷모습을 보는 서문홍주는 진짜 벗이 된 느낌이었다.

환희방을 나와 서동으로 향하면서 표자룡은 줄곧 어두운 기색이었다.

그건 지옥혈마와의 싸움을 복기할 때와는 어쩐지 다른 표정이었다.

"자룡아, 무슨 일 있냐?"

참견장이 공춘보가 물었다.

"아무것도 아닙니다."

"아무것도 아니긴. 이 사형에게 다 말해봐."

"무림맹주는 어떻게 되었을까요?"

"천공성주는 황하에서 북천마제인지 뭔지 하는 괴물에게 당했다고 했잖아. 지금쯤 수하들 몇 명 이끌고 어느 산자락으로 숨어들었는지 모르지."

"그게 아니라 전 무림맹주인 북검성 이장도 말입니다."

"밑도 끝도 없이 그게 뭔 말이야?"

"무림맹 총단이 마인들의 수중에 떨어졌다면 뇌옥에 갇혀 있는 무림맹주는 어떻게 되는 건지 궁금해서 그렇습니다."

"그게 우리랑 무슨 상관이야. 난 또 뭔 고민을 하나 했네."

공춘보가 혀를 차고 고개를 돌리는 사이 하풍달이 말했다.

"마인들의 입장에서 보자면 무림맹주는 정마대전에서 수많은 동도들을 죽인 원흉이다. 그가 실제로 검을 들지 않았다고 해도 모든 책임은 수장이 지는 법이니까."

"그 말씀은?"

"당연히 살려두지 않겠지. 아마 만인이 보는 데서 참수를 할 거다. 무림맹주의 죽음이 주는 상징성 또한 무시 못할 테니까.”

표자룡은 고개를 돌려 용악산을 바라보았다.

그의 생각을 묻는 것이다.

하지만 용악산은 저만치 앞쪽만 쳐다볼 뿐, 가타부타 말이 없었다.

하풍달이 물었다.

“그런데 무림맹주의 안위를 네가 왜 걱정하는 거야?”

“그런 게 아닙니다.”

“그런 게 아니면?”

“그는 누구도 가보지 못한 검공의 세계를 경험한 사람입니다. 그런 인물이 이대로 사라지면 그의 무학도 함께 사라질 것이 아닙니까?”

하풍달은 표자룡의 고민을 이해할 수 있었다.

표자룡 역시 검에 뜻을 둔 검수.

언젠가 이장도와 함께 무한한 검공의 세계를 논해 보고 싶은 것이다.

자타가 공인하는 천하제일의 검수, 한 시대를 풍미했던 강호의 별이 그렇게 죽음을 눈앞에 두고 있었다.

第十章

노괴(老怪) 둘이서

天山刀客

이른 새벽 두 개의 검은 그림자가 숲 속에 웅크리고 있었다.

동이 트기 전인데다 덤불이 무성한 여름인지라 끔뻑이는 눈동자만 간신히 보일 뿐이었다.

계곡 건너편에는 수천 길 높이의 직벽이 있었다.

그림자들의 눈길은 직벽의 아래에 뚫린 동혈을 향하고 있었다.

동혈 주변에는 수십 명의 무인들이 흩어져 있었다.

사흘 동안 벌어졌던 전투는 어젯밤이 되어서야 겨우 끝이 났다.

사흘씩이나 바짝 긴장한 상태에서 뜬눈으로 지새운다면 제아무리 공력이 깊은 무인이라도 졸음이 쏟아지게 마련이었다.

오랜 행군 끝에 이어진 전투라면 더욱 그렇다.

저들은 승리를 자축하며 밤새 술과 고기로 배를 채우더니, 새벽이 되자 모두 골아떨어졌다.

누군가 몰래 암동으로 들어갈 생각이라면 지금처럼 좋은 때가 없다.

하지만 섣불리 들어갈 수도 없다.

두 눈을 부릅뜨고 있는 두 명의 초병 때문이 아니었다.

아무리 경계가 느슨해도 저들은 전장에서 잔뼈가 굵은 철갑기마대가 아닌가.

암동에 들어간 후 작은 기척이라도 냈다간 저들이 벌 떼처럼 일어날 테고, 그땐 꼼짝없이 갇히는 것이다.

게다가 그 숫자가 무려 오십 명에 육박했다.

어제 보았던 십인장 급 고수 다섯의 무공은 절정 수준을 훨씬 넘은 상태였다.

겨우 열 명의 수하를 거느린 십인장의 무공이 저 정도니 철갑기마대 전체의 전력은 가히 상상조차 할 수 없었다.

그야말로 무적이었다.

황하에서 전선이 무너진 데 이어 무림맹이 단 며칠 만에 함락된 것도 무리는 아니었다.

　그럼에도 불구하고 그림자들은 오늘 꼭 들어가야 할 이유가 있었다.

　그나마 오늘이 아니면 다시는 암동에 들어갈 기회가 없기 때문이다.

　그땐 암동에 갇힌 자가 죽는다.

　'죽을 때 죽더라도 내 문제는 해결해 죽어야지. 썩을.'

　추레한 몰골의 노인이 그런 생각을 하는 사이 곁에 있던 난쟁이노인이 말을 했다.

　"어렵다, 어려워."

　"경계병들도 모두 자고 있는데 뭐가 그렇게 어렵단 말인가?"

　"문제는 굳게 닫힌 저 암동의 철문이란 말일세."

　"그게 뭐?"

　"두께가 오 촌이 넘는데다 그 무게가 족히 천 근은 넘을 거란 말이지. 게다가 오랜 세월 풍우로 인해 녹까지 슬어 최악일세."

　"엄살 부리지 말고. 결론만 말해, 결론만."

　"삼중으로 된 강철 자물통은 어찌어찌 딴다 해도 문을 여는 순간 소음이 심할 걸세. 놈들이 깨는 건 불을 보듯 뻔해. 내 장담하지."

　"흥, 이거 왜 이래? 중원제일의 도둑놈이 그거 하나 해결 못한단 말이야?"

“중원제일이 아니라 천하제일일세. 그리고 천하제일이라고 해도 못하는 건 못하는 거야.”

“계속 그렇게 나오겠다면 나도 생각이 있지.”

“무슨 생각?”

“십 년 전 자네가 황궁으로 뻔질나게 드나들며 황제의 수라상을 미리 시식했다는 걸 내 모를 줄 알고.”

“큭큭큭, 또 그 얘기군. 하지만 그게 뭐 대수라고. 황제가 안다고 해도 나를 뭐 어쩌겠는가. 그냥 한번 발끈하고 말겠지.”

“거기까지만 보면 대수롭지 않지.”

“무, 무슨… 말인가?”

“한 번은 궁녀에게 들키는 바람에 입막음을 위해 붕가붕가를… 커헙!”

난쟁이노인이 갑자기 입을 틀어막는 바람에 추레한 노인은 끝까지 말을 잊지 못했다.

난쟁이노인은 황급히 주변을 둘러보며 듣는 이가 없는지 살폈다.

살피고 말고 할 것도 없었다.

누군가 있었다면 두 사람은 풀숲에 숨어 있지도 못했을 테니까.

“에잇, 더러워. 퉤퉤.”

추레한 노인이 난쟁이노인의 손을 치우며 침을 뱉었다.

"네, 네놈이 그걸 어떻게?"

"자네가 말했잖은가."

"내가? 언제? 어디서?"

"십 년 전 술 먹고 오향루에서."

"헉! 그럼 그때?"

난쟁이노인이 오만상을 찌푸렸다.

십 년 전 그는 눈앞에 있는 이 추레한 몰골의 노인과 한 가지 내기를 했다.

누가 먼저 황제의 수라상을 훔쳐 먹느냐.

당연히 난쟁이노인의 승리였다.

그는 자타가 공인하는 천하제일의 대도였으니까.

그 대가로 추레한 노인은 난쟁이노인에게 북경 최고의 기루에서 사흘 밤낮 술을 사야 했다.

그때 술김에 헛소리를 한 모양이었다.

"도, 도대체 어디까지 알고 있는 건가?"

"자네가 황궁으로 들어가고 난 후 한 달 후에 궁녀 하나가 회임을 했다지. 그 아이가 태어났다면 지금쯤 왕자의 삶을 살고 있겠구먼. 껄껄껄, 한데 황제의 씨가 맞으려나……."

추레한 노인은 말을 하면서 난쟁이노인에게 자신의 얼굴을 바짝 들이댔다.

난쟁이노인의 인상이 팍 구겨졌다.

"이런 제길!"

가슴속에 꼭꼭 묻어둔 이야기였다.

물론 황제의 씨가 아니라는 확증도 없었다.

그 궁녀는 그때 황제의 총애를 한 몸에 받았으니까.

문제는 누구의 씨인지가 아니다.

그게 밝혀지는 날에는 황제가 가만있을 리가 없었다.

난쟁이노인은 황제가 보낸 동창과 금의위의 고수들에게
평생 쫓겨 다녀야 한다.

황궁에는 무림인들이 모르는 극강의 고수들이 구름처럼
많다.

생각만 해도 소름이 돋았다.

"이, 치사한 늙은이!"

앞에도 말이 곱지는 않았지만 지금은 더욱 그랬다.

난쟁이노인의 속마음을 아는지 모르는지 추레한 노인이
어깨를 토닥여 주며 말했다.

"너무 억울해할 것 없네. 세상이 원래 그렇게 치사한 법일
세. 나만 해도 저 암동 속에 들어 있는 인간과 내기에 진 것
때문에 아직도 이렇게 숨죽여 살고 있지 않는가. 저 인간이
이대로 죽어버리면 난 평생 결계에 묶여 죽은 듯이 지내야 한
단 말일세."

"그까짓 말뿐인 결계, 그냥 잊어버리면 되잖아. 무슨 마공
으로 봉인을 한 것도 아니고."

"어허, 자네 지금 날더러 일구이언하라는 말인가? 나 독행

천괴일세."

"다 좋아, 다 좋은데… 그게 나랑 무슨 상관이야."

"그러니까 치사하다지."

"끄응, 두고 보자. 이 못된 늙은이."

"아아, 내기라면 언제든지 환영일세. 북두신수(北斗神手)."

두 사람은 독행천괴와 더불어 강호사괴(江湖四怪) 중 하나인 대도(大盜) 북두신수였다.

북두신수는 속이 부글부글 끓었다.

세상에 훔치지 못하는 것이 없고 가지 못하는 곳이 없다는 그였지만 타인의 강요에 의해 도둑질을 한다는 건 그의 인생 최대의 수치였다.

그게 아무리 절친한 벗이라고 해도.

북두신수는 품속에서 두툼한 가죽 주머니 하나를 꺼내 독행천괴에게 던지듯 주었다.

"날로 먹을 생각은 아니지?"

"이게 뭔가?"

"동면에 들려고 하는 주단충(朱丹蟲)의 속 날개를 빨아서 만든 가루일세."

"주단충? 그게 뭐지?"

"설명을 해주면 알아듣기나 해?"

"이걸 날더러 어쩌라고?"

“저기, 놈들이 피워놓은 모닥불에 뿌리게.”

“뿌리면?”

“잔말 말고 시키면 시키는 대로 하게!”

“알았네, 알았어. 원, 성질은.”

그 순간 독행천괴의 모습이 사라졌다.

잠시 후 그가 다시 나타난 곳은 두 명의 초병이 서 있는 곳이었다.

“엇!”

“핫!”

초병들이 침입자를 알아차리는 순간,

타닥탁!

독행천괴의 손이 현란한 춤을 추었다.

두 명의 초병은 고함을 지를 사이도 없이 뻣뻣하게 쓰러졌다.

신묘한 경공에 현란한 점혈법.

놈들이 쓰러지는 걸 확인한 독행천괴는 불길이 잦아들고 있는 모닥불에 주단충 가루를 솔솔 뿌렸다.

무심결에 시선이 느껴져 힐끗 돌아보니 저만치 계곡 건너편에서 북두신수가 새파랗게 질린 표정으로 자신을 보고 있었다.

그런데 그의 안색이 새파랗게 질려 있었다.

손을 좌우로 황급히 내젓는 것이 무척 다급해 보이기까지

했다.

'뭐? 어쩌라고?'

'…….'

'당최 뭐라고 하는 건지. 이 모닥불이 아닌가?'

모닥불은 주변에 두 개가 더 있었다.

간밤에 철갑기마대가 모기도 쫓을 겸, 고기도 구울 겸해서 여러 개를 한꺼번에 피운 것이다.

독행천괴는 자리를 옮긴 다음 곁에 있는 또 다른 모닥불에도 주단충 가루를 솔솔 뿌렸다.

북두신수는 더욱 노래진 얼굴로 무언가를 계속 말했다.

전음을 보내기에는 거리가 멀고, 소리를 지르자니 놈들이 깰 것 같고.

입 모양으로만 보자면 쌍욕을 하는 것 같은데.

'이것도 아냐?'

독행천괴는 마지막 남은 모닥불에 주단충 가루를 탈탈 털어넣었다.

슬쩍 북두신수를 보니 이제는 벌떡 일어나서 가슴을 쾅쾅 치는 것이 아닌가.

'에이 씨, 뭘 어쩌라는 거야.'

이제는 주단충 가루도 남지 않았다.

독행천괴는 서둘러 계곡을 건너 북두신수가 있는 곳으로 달려갔다.

　　북두신수가 기다렸다는 듯이 독행천괴의 멱살을 쥐고는 육두문자를 쏟아냈다.

　　"이런 육시럴 놈아. 그걸 전부 뿌려 버리면 어쩌자는 거야. 내가 북방의 험한 산악 지대를 헤매며 반평생을 모은 건데!"

　　"그 얘기였나? 난 또 더 뿌리라는 줄 알았지."

　　"빌어먹을, 빌어먹을, 빌어먹을! 두고 보자. 내 반드시 이 빚은 받아낼 것인즉."

　　"그나저나 이제 어떻게 하면 되지?"

　　"어쩌긴 어째. 기다려야지!"

　　"에헴, 그럼 기다리는 동안 육포나 하나 씹을까."

　　독행천괴는 능글맞은 표정으로 바닥에 앉더니 품속에서 육포 두 조각을 꺼냈다.

　　그런 다음 두 개의 크기를 비교해 보더니 작은 쪽을 북두신수에게 슬쩍 내밀었다.

　　"자네도 하나 먹을 텐가?"

　　"저리 치워. 망할 놈의 늙은이 같으니라고."

　　"그러지 말고 이거 하나 먹고 화 풀게. 양념이 잘 배어 제법 간간하다네."

　　"네, 네 이놈, 지금 일부러 나 약 올리는 거지."

　　"거참, 남의 성의를 무시해도 분수가 있지."

　　"이런 호랑말코 같은 영감탱이. 주단충이 얼마나 귀한 건데 겨우 이까짓 육포 쪼가리를 먹고 화를 풀라고… 어림도 없지. 이번 일이 끝나면 내 반드시 네놈의 주리를 틀어……."

"자네가 기다리라는 게 저건가?"

독행천괴가 육포를 질겅질겅 씹으며 계곡 건너편을 가리켰다.

그 바람에 북두신수의 말이 잘렸다.

계곡 건너편 암동 앞에서는 모닥불을 중심으로 흐릿한 연기가 피어올랐다.

새벽의 무거운 공기 때문인지 연기는 안개와 뒤섞여 낮게 깔렸다.

연기는 여기저기 풍찬노숙을 하고 있는 철갑기마대를 이불처럼 감쌌다.

잠시 후 북두신수는 몸을 벌떡 일으켰다.

그리고는 아무렇지도 않게 휘적휘적 걸어갔다.

독행천괴도 뒤를 따랐다.

발자국 소리를 훤히 내면서 걷는데도 철갑기마대는 단 한 놈도 일어나지 않았다.

대충 미혼약의 일종일 거라고는 생각했지만 이렇게 직방으로 효과가 나올 줄은 몰랐다.

무색무취에 흡입하는 즉시 깊은 수면에 빠져드는 가루라…….

"이거, 대단한 물건일세."

"쓸데없는 소리 말고 자물쇠나 찾아보게."

두 사람은 쓰러진 놈들의 품속을 열심히 뒤졌고, 금방 자물쇠가 주렁주렁 달린 꾸러미 하나를 찾았다.

커다란 암동 앞에서 자물통을 열자,

끼기기기…….

육중한 철문이 굉음을 내며 열렸고, 곧 어둠이 나타났다.

독행천괴가 황급히 모닥불로 달려가 아직 불이 남아 있는 장작 하나를 가져왔다.

하지만 북두신수는 보란 듯이 품속에서 샛노랗게 빛나는 야광주 하나를 꺼내 들었다.

그 광채가 대여섯 장 앞까지 환하게 비추었다.

"이런, 그런 게 있으면 진작 얘기를 해야 할 게 아닌가."

"흥, 내 맘일세."

"쯧쯧쯧, 늙은이 심보하고는."

"네놈이 그런 말을 할 처지는 아니지."

"험험, 일단 안으로 들어가 보자고."

두 사람은 티격태격 암동 안으로 들어갔다.

철문은 계속해서 나타났고, 그때마다 자물쇠를 찾아 열어야 했다.

"뭔 놈의 철문이 이렇게 많아? 황실의 보물 창고도 이렇게 거추장스럽지는 않겠다. 하지만 허술하기 짝이 없군. 자물쇠 꾸러미 하나면 모든 게 통과되니 말일세."

독행천괴가 푸념을 했지만 전문가인 북두신수의 생각은

달랐다.

"그렇지 않네. 애초 자물쇠는 각 철문마다 다섯 사람이 하나씩 따로 가지고 있었을 걸세. 그러니까 그가 있는 석실까지 가려면 다섯 사람이 모두 모여야 한다는 거지. 지금은 이곳의 주인이 바뀌면서 어수선한 틈을 타 잠시 그런 규칙이 깨진 거고."

"다섯 개? 철문이 다섯 개라는 건 어떻게 알았나?"

"자물쇠가 다섯 개니까."

"호오."

"쯧쯧쯧, 그걸 알아낸 게 뭐 대수라고."

"험험, 그런가?"

과연 북두신수의 말대로 다섯 개의 철문을 열고 들어가자 석실이 보였다.

그곳에 그가 앉아 있었다.

한 자루 촛불에 의지해 평온한 모습으로.

"꼴이 아주 좋소이다, 맹주."

독행천괴의 독설에 무림맹주 이장도가 고개를 들었다.

그는 놀라지도 않았고 화를 내지도 않았다.

오히려 멀리서 찾아온 벗을 대하듯 천하태평이었다.

"이 누추한 곳까지는 어쩐 일이십니까?"

"얼씨구, 농까지 하시는 걸 보니 살 만하신가 봅니다."

"보시다시피 말동무가 없는 것 빼고는 그럭저럭 견딜 만하지요. 껄껄."

두 팔을 펼쳐 보이는 이장도는 부상 하나 없이 멀쩡했다.

그가 이번에는 북두신수를 보며 말했다.

"곁에 계신 분은 누구신지?"

"맹주도 들어본 적이 있을 거요. 사 척 단구가 담장을 넘어오면 집안이 거덜난다는 소문의 주인공이라오. 나랑은 오랜 앙숙이지."

"오, 이제 보니 북두신수 노동교이시로군요."

"나를 아시오?"

"아다마다요. 무림맹의 백년뇌옥을 이렇게 간단하게 침입하시다니. 역시 황궁을 제집처럼 들락거리실 법합니다."

"그, 그걸 어떻게?"

"독행 노형에게 들었지요."

북두신수는 누렇게 뜬 얼굴로 독행천괴를 노려보았다.

이 괴짜 늙은이가 어디까지 말을 했는지 알 수가 없었기 때문이다.

찔끔 놀란 독행천괴가 얼른 화제를 돌렸다.

"험험, 어서 일어나시오. 맹주께서는 여기가 살 만한지 모르겠으나 난 답답해 죽겠소."

그러나 이장도는 여전히 몸을 일으키지 않고 말했다.

"두 분이 이곳에 오신 걸 보니 바깥에 변고가 있는 모양이군요."

"대충 짐작하시는 대로요."

"혹, 마도가 다시 발호했습니까?"

"발호가 다 뭐요. 오늘 새벽 무림맹이 놈들의 수중에 떨어졌소. 지금 총단엔 철갑기마대가 진을 치고 있단 말이오."

"천공성주는 어떻게 되었습니까?"

"자세히는 모르오. 황하에서 그와 싸우다가 부상을 입고 후퇴했다는 얘기는 들었는데, 그 이후로는 통 소식을 들을 수 없소. 지금 중원이 온통 벌집을 건드려 놓은 것처럼 소란스럽소. 황실에서도 동창과 금의위를 총동원해 사태를 예의주시하고 있고. 에또……."

"그라면?"

"예?"

"천공성주가 그와 싸우다가 부상을 입었다고 하지 않으셨습니까? 천공성주에게 부상을 입혔다는 자가 누구입니까?"

"북천마제."

"북… 천마제."

"그렇소. 그 늙은이가 등장했소. 지금 맹주의 거처에 있소이다. 그러니 더더욱 서둘러야 할 거외다. 혹, 그 무서운 늙은이가 눈치를 채고 달려오기 전에."

눈을 지그시 감는 이장도의 표정이 물먹은 솜처럼 무거웠다.

그는 눈을 뜨지도 않은 채 물었다.

“그 아이들은 어떻게 됐습니까?”

“그 아이라면 누굴 말하는 거요?”

“금룡문의 제자들.”

“그걸 내가 어떻게 알겠소. 황하에서 그 난리를 친 후 항주로 돌아갔다는 소식은 들었지만 그 후론 알 길이 없소이다. 아까도 말했지만 지금은 워낙 굵직굵직한 소식들이 넘쳐 나서 애들의 행보에는 아무도 관심을 가지지 않습니다.”

다시 침묵.

이장도는 그 후로도 한참 동안 침묵을 지키다가 이윽고 눈을 뜨며 말했다.

“한데 여긴 어쩐 일입니까?”

“이런, 아까도 물었지 않소이까?”

‘이 늙은이가 어떻게 된 거 아냐?

“하하, 그랬나요? 그런데 대답을 들은 기억이 없는 것 같아서.”

“진정 몰라서 묻는 거요? 북천마제가 맹주를 가만 놔둘 것 같소이까?”

“그래서요?”

“허허, 이렇게 답답한 사람을 봤나. 맹주가 죽어버리면 나는 어쩝니까? 죽을 때 죽더라도 결계는 깨고 죽으셔야지요.”

“아, 결계. 그렇지요…….”

말을 길게 빼는 이장도의 입가에 미소가 어렸다.

독행천괴는 그 미소가 어쩐지 음흉스럽게 느껴졌다.

자신을 구해주러 온 사람에게 어쩐 일이냐는 황당한 질문을 한 것도 필시 결계라는 말을 듣기 위함이 아니었을까.

"독행 노형."

"왜, 왜 그러시오?"

"내가 그 결계를 깨뜨려 주겠소이다."

"당연한 것 아니오. 멀쩡한 사람의 수족을 묶어놓고 그냥 가려고 하셨소?"

"대신 조건이 있습니다."

"내 그럴 줄 알았지."

"하하, 별거 아닙니다. 독행 노형이라면 충분히 해결할 수 있는 일이지요."

"싫소이다."

"……?"

독행천괴는 곁에 있는 북두신수를 힐끗 곁눈질하고는 말했다.

"나 독행천괴는 목에 칼이 들어와도 누가 억지로 시켜서 하는 사람이 아니오."

"아, 그것도 그렇지요."

이장도는 잠시 생각을 하더니, 아니, 하는 척을 하더니 무릎을 탁, 치며 말했다.

"이러면 되겠군요."

“어떻게 말이오?

“저랑 내기를 하는 거지요.”

“무슨 내기 말이오?”

“제가 제시한 일을 해결하시면 결계를 풀어드리지요.”

“해결을 못한다면?”

“제 빚을 갚은 걸로 하지요.”

“빚이라니? 맹주께서 언제 내게 빚을 지셨소?”

“지금, 제 목숨을 구해주지 않으셨습니까?”

“……!”

이장도는 지금 구명지은의 은혜를 언급하고 있었다.

무림인은, 특히 이장도 같은 협골들은 은원을 분명히 한다.

그는 지금 은연중에 독행천괴에게 은혜를 잊지 않겠다는 말을 하고 있었다.

“험험, 그 낯간지러운 소리 말고 내기나 말해보시오. 난 내기라면 사양하는 사람이 아니니까.”

“천마군림도를 찾아주시오.”

“그, 그런 말도 안 되는!”

독행천괴가 펄쩍 뛰었다.

내기 어쩌고 할 때 알아봤어야 했는데.

구명지은의 은혜를 입었다는 말에 그만 순간적으로 방심을 하고 말았다.

“허허, 천하의 독행천괴께서 내기를 사양하시다니, 노형도 이제 늙으셨습니다그려."

"맹주, 장난을 해도 정도껏 하시오. 무림맹과 황하의 수적들이 벌 떼같이 달려들었어도 못 찾은 물건을 내가 무슨 수로 찾는단 말이오. 그리고 천마군림도가 아직도 강물 속에 있을 거라고 생각하시오? 천만에. 떠내려갔어도 벌써 떠내려갔소. 물길을 잘 아는 수적들도 그래서 포기를 한 거요."

"독행 노형이 보시기엔 제가 지금 장난을 할 처지입니까?"

"하지만 불가능한 건 불가능한 거요. 그건 애초부터 내기가 성립이 되지 않소. 다른 걸로 합시다, 다른 걸로."

"여기서 기련산까지 가장 빨리 간다면 며칠이나 걸릴까요?"

"뜬금없이 그건 또 무슨 소리요?"

"대답을 해보십시오."

"글쎄올시다. 백 리마다 요동 북평마가의 말이 한 마리씩 놓여 있다고 치면 보름 만에도 갈 수 있지요. 하지만 만약 무한한 공력을 지닌 경공의 대가라면……."

독행천괴가 말을 하면서 슬그머니 곁에 있는 북두신수를 쳐다보았다.

강호에는 경공의 대가가 세 명 있다.

첫 번째는 개방의 방주고, 두 번째는 죽었는지 살았는지 모를 곤륜의 노도사다.

그리고 세 번째가 지금 이 자리에 있는 북두신수였다.

"…열흘은 걸리지 않을까 싶소만."

북두신수가 고개를 끄덕였다.

자신이 생각하기에도 죽을 둥 살 둥 달리면 열흘 만에 기련산까지 갈 자신이 있었다.

이장도가 말했다.

"하면 갔다가 다시 오기까지 스무날은 걸리겠군요."

"그렇다고 봐야겠지요."

"그럼 여기서 항주까지는 얼마나 걸릴까요?"

"그거야 닷새면 충분하지 않겠소? 역시 경공의 대가가 달렸을 때 말이오."

"음… 스물닷새라, 확실히 어렵겠군요."

"어렵다마다. 강호에 그게 가능한 사람은 딱 세 명밖에 없으니까."

"하면 여기서 기련산까지 갔다가 다시 항주까지 스무날 만에 간다면 어떻습니까?"

"절대불가!"

독행천괴가 뭐라 말을 하기도 전에 북두신수가 발끈해서 소리쳤다.

이장도와 독행천괴의 시선이 동시에 북두신수에게 쏠렸다.

약간 민망해진 북두신수가 조금 잦아든 목소리로 말했다.

"그건 절대 불가능하오. 나뿐만 아니라 개방의 용두방주나 곤륜의 백학선인(白鶴仙人)이 죽지 않고 살아 있다 해도 불가능한 일이오."

"그럼 제가 한 번 해보겠습니다."

"예?"

"그, 그게 무슨?"

독행천괴와 북두신수가 동시에 놀란 표정을 지었다.

"스무날 만에 기련산에 갔다가 다시 항주로 가겠습니다. 이러면 두 사람 모두 불가능하다 한 일이니 내기가 성립되겠지요? 스무날이면 내달 보름쯤이 되겠군요. 항주에 먼저 도착하는 사람이 이기는 겁니다. 어떻습니까, 제 조건이?"

"어불성설이오. 기련산에 무엇 때문에 가시려는지 모르나 맹주께서 그곳에 다녀왔다는 사실을 어떻게 증명하겠소이까? 아닌 말로 근동 야산에서 대충 쉬다가 날짜에 맞춰 올 수도 있지 않겠소?"

"기련산에 사시는 노 선배 한 분을 뫼시고 갈 것입니다. 그럼 증명이 되겠지요?"

"기련산에 사는 노 선배라면… 서, 설마?"

"이런, 누군가 오는 모양이군요. 그럼 그때 뵙도록 하지요."

이장도는 미처 뭐라고 말을 할 사이도 없이 한자락 연기를 남기고는 그 자리에서 사라져 버렸다.

독행천괴와 북두신수는 귀신에 홀린 것 같았다.

第十一章

황하의 용(龍)을 만나다

天山刀客

“젠장할, 이놈의 영감탱이는 도대체 어디에 숨어 있는 거
야?”

독행천괴는 짜증이 있는 대로 치밀었다.

그가 있다는 강변을 벌써 한나절 동안 찾아다녔지만 사람
은커녕 개미 새끼 한 마리도 보이질 않았던 것이다.

하필 녹음이 우거지는 여름이라 강변은 온통 수풀뿐이었다.

혹시 풀숲에 숨었나 싶어 여기저기 돌멩이도 던져 보고 목
이 터져라 이름을 불러도 보았다.

하지만 돌아오는 것은 풀잎에 이는 바람 소리뿐이었다.

진짜 짜증이 치미는 것은 그를 찾지 못해서가 아니었다.

오늘의 이 걸음이 그의 자의로 온 것이 아니라는 데 화가
나는 진짜 이유가 있었다.

"그때 내기에 지지만 않았어도, 부려먹는 건 맹주가 아니
라 나일 텐데."

말이 내기지, 사실상 무림맹주가 자신을 부려먹으려는 수
작이 아닌가.

설사 그게 사실이라고 해도 절대 지고 싶지 않았다.

이번만큼은 절대. 절대.

"뭐, 스무날 만에 기련산에 갔다가 항주까지 오겠다고? 어
림 반 푼어치도 없는 소리."

이번 내기만 이기면 그동안 당한 것에 대한 복수를 통쾌하
게 해줄 수 있다.

더불어 자신은 십 년 넘게 이어온 이장도와의 약속에서 벗
어날 수 있는 것이다.

자신의 승리를 위해서는 반드시 한 사람의 도움이 필요했
다.

어쨌거나 이번 내기만 이기고 나면.

"내 다시는 내기를 하나 봐라."

한 시진쯤 지났을까?

독행천괴는 마침내 호젓한 강변에서 낚싯대를 드리우고
있는 강태공을 찾았다.

방갓을 푹 눌러썼지만 허리가 구부정한 것이, 노인이 틀림

없었다.

　독행천괴가 강태공에게 다가가 슬그머니 말을 걸었다.

　"좀 잡았소?"

　"시끄러워서 그런지 통 물지를 않는구려."

　독행천괴가 강변을 따라 올라오며 고함을 지른 것을 두고 일컫는 말이었다.

　"험험, 혹, 당신이 벽 노인이오."

　"……?"

　노인은 대답 대신 방갓을 살짝 들어 독행천괴를 올려다보았다.

　그 바람에 독행천괴 역시 강태공의 얼굴을 볼 수 있었다.

　퀭하니 들어간 눈이 내일 당장 죽어도 이상할 게 없어 보이는 노인이었다.

　"강하방의 방주, 노수룡 벽탁이 당신이냐, 말이오."

　"무슨 일이오?"

　"한 가지 부탁이 있어 왔소."

　"일없소."

　노수룡으로 짐작되는 노인은 다시 방갓을 눌러쓰더니 낚싯대를 슬쩍 옮겨놓았다.

　독행천괴가 곁에 앉으면서 말했다.

　"무슨 부탁인지 들어도 보지 않고 돌아가란 법이 어딨소?"

　"들어봤자 귀찮기만 할 뿐, 난 귀찮은 건 딱 질색이오."

"하참, 노인장은 내가 누군지 궁금하지도 않소?"

"안 궁금하오."

'뭐 이런 꽉 막힌 영감탱이가 다 있어!'

독행천괴는 부아가 잔뜩 치밀었다.

생각 같아선 확 물에 처넣어 버리고 싶었지만 이를 악물고 참았다.

이장도를 이기기 위해선 노수룡의 도움이 절대적으로 필요했다.

또한 아직 내기에서 이기지를 않았으니 강호의 어떠한 시비도 일으켜서는 안 되었다.

"끄응, 원하는 게 뭐요?"

"원하는 거라니?"

"주고받자는 거요. 방주가 원하는 걸 한 가지 해줄 테니 방주도 내가 원하는 걸 한 가지 해주시오."

"일없소."

"이놈의 영감탱이……!"

마침내 참지 못한 독행천괴가 폭발하려는 찰나, 풀숲에서 한 사람이 모습을 드러냈다.

독행천괴가 화를 내는 모습을 보고 새로이 나타난 청년은 철노를 고쳐 잡았다.

얼굴에선 적의가 폴폴 피어올랐다.

"오호라, 자네였군."

"나를… 아시오?"

"묘왕전에서 팔비검을 상대로 싸우는 걸 봤지. 멋진 곤술, 아니, 노공(櫓功)이라고 해야 하나?"

청년은 노수룡의 제자, 곡삼랑이었다.

그때 묘왕전의 구경꾼이었던 독행천괴는 그를 알아보았지만 곡삼랑은 독행천괴를 알 길이 없었다.

아직도 적의를 풀지 않은 곡삼랑을 향해 독행천괴가 말했다.

"그나저나 그새 상처가 많이 나았군. 칼침을 여섯 방이나 맞았지 아마?"

거침없는 독행천괴의 말투가 적의를 더욱 부채질한 것 같았다.

곡삼랑이 철노를 독행천괴에게 겨눈 채 노수룡에게 물었다.

"사부님, 괜찮으십니까?"

"누가 너의 사부더냐! 썩 꺼지거라."

"사부님……."

"난 너 같은 제자를 둔 적이 없다. 썩 꺼지래도."

"다시는 사부님의 명을 어기지 않겠습니다."

곡삼랑은 마음이 아팠다.

원래 그는 사부를 속이고 창룡전과 묘왕전에 출전했다.

사부는 강하방이 오직 강의 물길을 읽고 배를 부리는 재주로 인정받기를 원했다.

칼을 들면 반드시 칼부림을 하게 된다는 것이 그의 지론이
었다.

무공도 거친 물살을 이기고 스스로를 지키기 위해서만 필
요하다고 했다.

하지만 곡삼랑은 수동적인 무공 철학에서 벗어나 보다 적
극적으로 행보를 하고 싶었다.

모두가 강하방을 위해서였지만 그는 묘왕전에 참가를 하
고서야 뼛속 깊이 깨달았다.

세상이 얼마나 넓은지, 강하방이 얼마나 약한지.

"네 녀석이 꼭 내 명을 어겨서 실망한 게 아니다."

"……?"

"강하방의 제자가 다른 곳도 아니고, 어찌 물 위에서 한낱
낭인에게 당한단 말이야."

"사부님……."

"따지고 보면 모두 내가 부족한 탓인 걸 누굴 탓하겠느냐.
그만 떠나거라."

"못난 제자를 용서하십시오."

독행천괴는 두 사람을 번갈아 보다가 대충 분위기를 눈치
챘다.

깊은 내막까지야 모르지만 곡삼랑이 묘왕전에 참가한 것
을 두고 사승 간에 다툼이 벌어진 것이다.

독행천괴는 좋은 생각이 떠올랐다.

"오호라, 제자 놈이 말썽을 부린 모양이오?"

"당신은 상관 마시오."

"이렇게 합시다. 내가 저 녀석의 탄천경망곤을 봐주겠소."

탄천경망곤은 곡삼랑이 팔비검을 상대할 때 썼던 무공으로, 노수룡의 독문절학이기도 했다.

"거 무슨!"

노수룡이 갑자기 대노하며 몸을 일으켰다.

주변에 웅장한 기세가 일어나며 강물이 거꾸로 솟아올랐다.

'헐, 이거 듣던 거와는 많이 다른걸.'

독행천괴는 정말 깜짝 놀랐다.

강하방의 무공이라 하여 얕잡아 보고 한 말인데 노수룡의 무공은 상상 이상이었다.

게다가 노수룡은 자신의 무공에 대한 자부심이 무척 강했다.

저 정도라면 충분히 자부심을 가질 만했다.

그런 그에게 무공의 이름까지 들먹이며 봐주겠다고 했으니.

이건 숫제 모욕을 준 것이나 다름없었다.

한데 곡삼랑은 왜 그 모양이었을까?

탄천경망곤이 이 정도의 위력을 지닌 무공이라면 팔비검 정도는 능히 제압할 만도 한데.

상황이 꼬일 때는 솔직하게 물어보는 게 최선의 해법이다.

"툭 까놓고 말합시다. 솔직히 얕잡아 보는 마음이 없지 않았지만 이제 보니 강하방의 무공이 상당히 고명하다는 것을 알겠소. 한데 저 녀석은 왜 저 모양이오?"

"노괴가 알 바 아니오."

"날 아시오?"

"강호사괴 중 일인, 독행노괴가 아니오."

"하면 얘기가 쉽게 풀리겠구려. 내 보기에 저 녀석에게 무언가 문제가 있는 듯한데… 아니오?"

"거듭 말하지만, 당신이 알 바……."

"혹시 공하증(恐河症)?"

"……!"

"마, 맞구려. 크험, 어험."

그날 곡삼랑이 뗏목 위에서 팔비검과 싸울 때 발이 무거운 걸 보고 혹시나 해서 찔러본 것인데 적중했다.

독행천괴는 터져 나오려는 웃음을 억지로 참았다.

그나저나 참 큰일이다.

강하방의 방도가, 그것도 강하방주의 대를 이을 제자가 물을 두려워하다니.

"이것 보시오, 독행 늙은이. 내 분명히 경고하건대, 만에 하나 다른 곳에 가서 발설을 한다면 가만있지 않겠소.”

　노수룡이 말을 하는 동안 강가의 수면이 부글부글 끓어올랐다.

　독행천괴는 또 한 번 놀라지 않을 수 없었다.

　도대체 어떻게 하면 물을 저리 자유자재로 다룰 수 있단 말인가.

　하지만 물을 다루는 재주라면 모를까, 무공이라면 뒷자리를 양보하고 싶지 않은 독행천괴였다.

　그건 입심도 마찬가지였다.

　“험험, 너무 걱정하지 마시오. 내게 방도가 있으니.”

　“홍, 물속에 억지로 빠뜨리리라는 얘기일랑 하지도 마시오. 십여 년 동안 이것저것 안 해본 게 없소.”

　그럴 것이다.

　곡삼랑이 공하증인 줄도 모르고 제자를 들였을 리는 없고, 차차 고치면 될 것이라고 생각했을 것이다.

　그런데 아직도 고쳐지지 않은 것이다.

　“설마 그 정도 가지고 내가 말을 했겠소?”

　“무슨… 뜻이오?”

　“사천 땅 촉도에 공하증을 고친 늙은이를 하나 알고 있소.”

　“그래서 어쨌단 말이오?”

　“그 양반 말이, 모를 때는 천하의 불치병이 공하증인데 알고 나면 고뿔보다도 고치기 쉬운 게 또 공하증이라고 하더구려."

"홍, 이미 고친 사람들이야 무슨 말을 못해. 멋모르는 촌부가 지껄인 소리에 흘낏할 내가 아니오."

"그 양반이 조성(釣聖) 신기찬이래도?"

"뜨헙!"

이상한 신음 소리를 내대가 황급히 자신의 입을 틀어막은 사람은 노수룡이 아니라 곡삼랑이었다.

그가 채신머리없이 저런 소리를 내는 것도 당연했다.

조성이라면 천하에 못 낚는 물고기가 없다는 전설의 낚시꾼이었다.

그런 그가 공하증을 앓고 있었다니.

이거야말로 사람들이 알면 땅을 구르며 웃을 일이었다.

독행천괴가 얼굴을 바짝 들이밀며 낮은 목소리로 말했다.

"내가 말했다고 하면 안 되오. 아시다시피 그 노친네가 단순한 낚시꾼이 아니잖소. 그 성질에 내가 발설한 것을 알면 날 찾아와 찢어 죽이려 할 거요."

"험험, 그가 정말 공하증이었소?"

조성이라는 말에 신뢰가 확 간 노수룡이 한발 물러섰다.

천하제일의 조성이면서 동시에 당금 십대고수 중 한 사람.

사람 꼬라지가 보기 싫어 사천의 험산 촉도에 들어가 평생 낚시만 하며 지낸다는 은거기인.

"그럼 내가 거짓말로 지어냈단 말이오? 그 노인네한테 맞아 죽으려고."

"거짓말이 아니어도 맞아 죽을 거요."

"그, 그건 그렇지. 자, 이제 어쩌겠소?"

"그러니까 노형의 말은 그를 소개시켜 주겠다는 거요? 맞아 죽을 각오를 하고?"

어느새 독행천괴의 호칭이 노괴에서 노형으로 바뀌어 있었다.

"물론이오."

"어떻게? 무슨 수로 그 악어 껍질처럼 깐깐한 노인네를 설득한다는 거요. 노형도 말했다시피 자기가 공하증에 걸렸다는 걸 누가 알면 우선 죽이려고 들 텐데."

"일전에 그 노인네와 내기를 해서 내가 이긴 적이 있소. 그 대가로 무조건 내 부탁 하나를 들어주기로 약조가 되어 있소."

"무슨 내기를 했다는 거요?"

"그야 낚시 대결이지 뭐요."

"설마, 노형이 조성을 낚시로 이겼다는 거요?"

"맞소. 내가 이겼소."

노수룡은 한동안 얼빠진 사람처럼 독행천괴를 노려보더니 이내 표정을 일변하며 말했다.

"흥, 이제 보니 전부 거짓말이었군. 말이 되는 소릴 해야지. 천하의 조성을 어떻게 낚시 대결로 이긴단 말이오?"

"쿡쿡쿡, 낚시에서는 그가 나보다 한 수 위일지 몰라도 내기는 내가 한 수 위라오. 그렇게만 알아두시오."

독행천괴는 자신이 속임수를 썼다는 것까진 차마 말하지 못했다.

독행천괴가 워낙 자신있게 말을 하는지라 노수룡은 반신반의했다.

한참 동안 독행천괴의 표정을 요모조모 뜯어보던 노수룡이 결국 한 번 더 물러섰다.

"어디, 무슨 부탁인지 들어나 봅시다."

"별거 아니오. 강물에 물건이 하나 빠졌는데, 그걸 좀 찾아주시오."

"물건이라니?"

"칼이오, 아주 무거운 칼."

황하의 하류에 한 척의 나룻배가 떴다.

"난 도통 이해를 할 수가 없소이다. 차라리 모래사장에서 바늘을 찾지, 이 너른 황토의 바다에서 어떻게 그 물건을 찾는단 말이오?"

추괴한 몰골의 초로인이 노를 저으면서 말했다.

작은 나룻배에는 두 명의 노인과 한 명의 청년이 타고 있었다.

편안한 자세로 노를 젓고 강물을 들여다보는 노인들에 비해 청년은 새파래진 얼굴로 바닥에 착 달라붙어 있었다.

그들은 물론 노수룡과 독행천괴, 그리고 물을 무서워하는 노수룡의 제자 곡삼랑이었다.

"그렇다면 나를 왜 찾아온 거요?"

노수룡이 툭 쏘아붙였다.

"험험, 그거야……."

할 말이 없어진 독행천괴가 딴청을 피웠다.

칼을 찾아 달랄 때는 언제고 이제 와서 어떻게 찾느냐고 투덜대는 자신이 스스로가 생각하기에도 이상했던 것이다.

그만큼 강물 속에 빠진 칼을 찾는다는 건 어려워 보였다.

독행천괴가 슬그머니 다시 말을 걸었다.

"내로라하는 황하의 수적들도 포기했는데……. 아무래도 어렵지 않겠소?"

노수룡의 눈썹이 일그러졌다.

"흥, 그깟 수적 놈들이 황하를 어떻게 알아."

"그깟 수적들이 아니지요. 황하를 그들보다 더 잘 아는 이들이 또 어디에 있다고."

"수적질을 하는 것과 물살을 살피는 건 다른 거요! 게다가 여긴 내가 삼십 년 동안이나 배를 부리던 곳이오."

노수룡의 꼬장꼬장한 목소리에서 장인의 고집스러움이 느껴졌다.

그럴 만도 했다.

수시로 범람하는 황하에서 평생 나룻배를 부려온 사람이

라면 물길을 얼마나 잘 알 것인가.

그가 곡삼랑에게 물었다.

"손님이 배를 타고 가다가 중요한 물건을 떨어뜨렸는데 정확한 지점을 모른다. 이럴 땐 어떻게 해야 하느냐?"

"좌우의 강변에 각각 하나씩 이정표를 마음속으로 정하고 그것들을 연결한 다음 머릿속에 일직선을 긋습니다. 그런 다음 해가 뜬 위치를 알아두고 뱃머리에 서서 그림자의 각도를 계산해 위치를 잡아냅니다."

"수심이 깊어 물 흐름이 여러 층으로 나타날 때는 어떻게 하느냐?"

"잃어버린 물건의 크기와 무게를 따져 떠내려가는 속도를 가늠합니다. 그리고 찾을 수 있을지 없을 지를 결정합니다. 아무리 무거운 물건이라도 물살이 빠르면 찾는 건 포기해야 합니다."

두 사람이 말을 할 때마다 독행천괴의 눈동자가 왔다 갔다 했다.

노수룡은 그렇다고 쳐도 물을 두려워하면서 저렇게 물을 잘 아는 곡삼랑은 도무지 이해할 수가 없었다.

"하면 그가 떨어뜨렸다는 칼은 찾을 수 있겠느냐?"

"찾을 수 있습니다."

"어떻게?"

마지막 질문은 독행천괴가 한 것이었다.

“그가 칼을 떨어뜨렸을 때는 유월 초사흘이었지요.”

“……?”

그게 뭐 어쨌다는 건가.

독행천괴는 두 눈만 멀뚱멀뚱하게 떴다.

“하류는 바닷물의 영향을 많이 받죠. 칼을 떨어뜨렸을 때는 바다에서 밀물이 시작된 지 두 시진이 지난 후였습니다.”

“이런, 자네도 실수를 하는구만. 내가 조사해 본 바에 따르면 그때는 분명 바다를 향해 강물이 흘러가고 있었네. 그랬기에 범선도 빠른 속도로 바다를 향해 떠내려갔고. 이건 본 사람이 아주 많아.”

보다 못한 독행천괴가 참견을 했다.

“내 제자는 틀리지 않았소.”

이건 또 뭔 소린가. 노수룡이 곡삼랑의 편을 들고 나섰다.

“제자를 아끼는 마음은 이해하나…….”

“밀물이 들어올 때는 바닥에서부터 들어오오.”

“뭔 소리요?”

“강의 표면은 바다로 흘러갈지 몰라도 강바닥의 물은 거꾸로 역류한다는 말이오.”

“그, 그렇다면?”

“칼은 하류가 아니라 상류로 흘러갔을 수도 있습니다.”

이번 말은 곡삼랑이 했다.

이쪽 저쪽에서 번갈아 말을 하는 통에 독행천괴는 고개를 돌리느라 바빴다.

졸지에 혼자만 바보가 된 기분이었다.

"말도 안 돼. 설사 강바닥에서 밀물이 시작됐다고 해도 백 근이나 되는 칼을 어떻게 옮긴다는 말이오?"

"강바닥의 계곡이 급류를 만든 탓이오. 당신 같은 사람들에겐 백날 얘기해 줘봐야 모를 거요."

"끄응."

억울하지만 독행천괴는 입을 닫을 수밖에 없었다.

노수룡의 말이 맞기는 했다.

사람마다 전문 분야라는 것이 있으니. 북두신수만 해도 그렇지 않은가.

그러고 보니 주단층에 대해 물었을 때도 북두신수는 비슷한 말을 했던 것 같다.

설명을 해주면 알아듣기나 하냐고.

괜히 부아가 치민 독행천괴가 무슨 말을 하려는데, 노수룡이 가로챘다.

"여기 어디쯤 가라앉아 있을 것 같은데……."

노수룡의 말에 독행천괴는 노 젓는 걸 멈췄다.

주위를 둘러보니 온통 강물이었다.

저 멀리 보이는 강변의 나무 몇 그루가 간신히 보일 뿐.

"여기라고 어떻게 확신하는 거요?"

"노형이 조사해 온 정보가 확실하다면 칼도 여기 있는 게 확실하오.”

애초 독행천괴는 그날 범선에서 용악산이 칼을 떨어뜨리는 것을 본 목격자를 수소문했다.

그리고 그들로부터 어디에 서 있었으며, 강 건너에 무엇을 보았는지를 소상히 물었다.

워낙 목격자가 많아 사람을 찾는 것은 어렵지 않았다.

그렇게 서른 명 정도를 추려 도출한 결과, 북쪽에는 가지가 부러진 느릅나무가 있었고 남쪽에는 커다란 바위가 있었단다.

바위는 사람들이 올라가서 보았기 때문에 확실했고, 느릅나무 역시 좀 더 멀리 보기 위해 누군가 올라갔다가 나뭇가지가 부러졌기 때문에 확실한 증언이었다.

그걸 노수룡에게 그대로 보고(?)를 한 것이다.

“여기서 잠깐 기다리시오.”

노수룡은 밧줄의 끄트머리를 자신의 허리춤에 묶고는 미리 준비해 온 납덩이 하나를 들고 물속에 풍덩 뛰어들었다.

그렇게 열댓 번을 나왔다가 들어간 후 그는 마침내 붉은빛이 감도는 칼 하나를 가지고 올라왔다.

독행천괴의 기쁨은 이루 말할 수가 없었다.

‘으으으, 드디어 이장도의 코를 납작하게 해줄 수 있겠구나.’

第十二章
이제는 일어서야 할 때

天山刀客

탁자를 가운데 두고 한 무리의 사람들이 앉아 있었다.

상석에 앉은 문주 은도천을 중심으로 모인 사람은 금룡문의 일대제자들이었다.

사람들은 모두 한 사람의 이야기를 듣고 있었다.

누가 끼어들세라 침까지 튀겨가며 열변을 토하는 사람은 공춘보였다.

"사람들 말이 개떼가 따로 없었다고 합니다. 그 많은 인간들이 어디에서 숨어 있었는지 속속들이 철갑기마대에 합류를 했답니다. 그 기세로 밀어붙이니 남궁세가가 하루 만에 무너질 수밖에요. 남궁세가는 무조건적인 항복을 하고 사실상 봉문에 들어갔다고 합니다. 이러고 있을 때가 아니라니까요. 이제 불과 열흘 후면 항주에 도착합니다."

아침나절에 저잣거리로 나갔던 공춘보가 하오문도를 통해 주워온 소식이었다.

무림맹 총단에 이어 소림과 개방, 무당, 화산이 항복을 한 지 불과 열흘 만이었다.

이 정도의 속도라면 가히 파죽지세라 할 만했다.

어떻게 이런 압도적인 차이를 보일 수 있을까.

따지고 보면 하등 이상할 것이 없었다.

오랜 정마대전의 여파로 인해 중원무림은 사실상 공백 상태나 마찬가지였다.

십종가는 이때를 위해 십 년이나 기다렸다가 날로 먹는 중이었다.

천하에 무림인이 얼마나 많은데 인물이 없겠느냐만 전쟁은 몇 명의 인물로 하는 게 아니었고, 설사 있다고 해도 십 년 동안이나 철저한 계획하에 힘을 비축해 온 십종가의 무력을 당할 수는 없었다.

"가신 일은 어떻게 되었습니까?"

용악산이 문주 은도천에게 물었다.

오늘 아침 은도천은 구룡장과 북천방, 홍인방 등 항주의 내로라하는 방파들을 찾아가 공동 대처를 제안했다.

"소용없었다. 구룡장은 남궁세가와 공동운명체라 그들 역시 봉문에 들어갔다. 사실상 백기 항복인 셈이지. 그럴 수밖에 없을 게다. 그들이 항거를 했다가는 남궁세가에게까지 화가 미칠 테니까. 북천방과 홍인방의 방주는 만나주지도 않더구나.”

“그들이 문전박대를 했단 말씀입니까?”

“금룡문이 십종가의 눈 밖에 나 주적으로 몰린 상태에서 공동 전선을 구축하기에는 부담스럽겠지. 이미 대세는 기울어졌다는 판단도 있었을 것이고.”

그렇기도 할 것이다.

남궁세가마저 무너지는데 항주의 일개 상방에 불과한 북천방과 홍인방이 무슨 수로 대적할 것인가.

그런 현상은 소림과 무당, 화산이 무너진 후 중원 전역으로 확대되어 갔다.

군소 방파들은 아예 대문을 열어놓고 철갑기마대를 맞았으며 그들에게 말과 무구(武具)들을 공급했다.

죽지 않으려면 엎드려야 하는 것이다.

새삼 강존약종(强存弱從)의 냉혹한 무림의 법칙이 실감되는 순간이었다.

철갑기마대의 태도 또한 담백했다.

엎드리고 충성을 맹세한 방파들에게는 일절 피해를 주지 않은 반면, 조금이라도 저항하는 문파들은 무참히 짓밟았다.

그런 일들이 반복되고 소문이 돌면서 남쪽의 군소 방파들에겐 자연적으로 학습 효과가 생겨났다.

그들은 어떤 식으로든 결정을 해야 했으며 몇몇 강골 문파를 제외하고는 대부분 복종을 선택했다.

홍인방과 북천방도 아마 그런 쪽으로 방향을 잡은 것 같았다.

강호의 정세는 이제 금룡문에게도 그것을 묻고 있었다.

"생각을 정리하셔야 하지 않겠습니까?"

깊은 침묵을 깨고 하풍달이 물었다.

공춘보가 그런 하풍달을 나무라듯 말했다.

"생각하고 자시고 할게 뭐 있어. 세상이 바뀌었는데 우리만 빳빳이 고개를 들자고?"

"항복을 한들 무사할 것 같소? 우리가 황하에서 저지른 일을 생각해 보시오."

"내 말이 바로 그거야. 그렇잖아도 미운털이 박혀 있는데 이제 칼까지 겨누면 그 무시무시한 놈들이 아주 몰살을 시킬 거라고, 몰살을… 꿀꺽."

공춘보는 자신이 말을 해놓고도 두려운지 마른침을 삼켰다.

몰살.

이 한마디의 무게가 피부로 체험되고 있는 것이다.

그때 용악산이 은서령에게 물었다.

"북망동에 갔던 일은 어떻게 됐느냐?"

"허사였습니다. 수성창(守成槍)이나 낭아박(狼牙拍) 같은 수성 무기는 물론이거니와, 화살이나 도검 같은 무기들도 오래전에 동이 났다고 합니다."

은서령이 가져온 소식도 절망적이었다.

용악산은 애초 서문홍주에게 흑시를 통해 수성용 무기를 구해달라고 했고, 은서령으로 하여금 그 결과가 어찌 되었는지 알아오게 했다.

은서령은 지금 그 결과를 보고한 것이다.

한데 뭔가 좀 이상했다.

수성용 무기야 군문을 통해 빼돌리지 않는 한 흑시에서도 매우 구하기 힘든 물건이니 그렇다 치자. 하지만 화살이나 도검까지 동이 났다는 건 뜻밖이었다.

아무리 도검이 소지가 허락되지 않은 병장기였으나 무림인들에겐 상시 구할 수 있는 물건이었다.

용악산의 표정을 눈치챘음인지 은서령이 부연 설명을 했다.

"환희방주의 말로는 군문에서 시중의 병장기들을 일부는 뺏고 일부는 사들였다고 합니다."

"어째서?"

"표면적으로는 중원 전역에서 동시다발적으로 일어나고 있는 무림인들의 싸움이 확전되지 않도록 하기 위한 고육지책이죠. 하지만 실상은 마인들이 군벌들을 매수한 게 아닌지

의심스럽다고 했습니다."

중원은 넓다.

일인이 통치하기에는 그 지역이 너무나 광범위하고 너무나 넓어 새로운 나라가 끊임없이 일어난다.

역사를 돌이켜 보아도 알 수 있다.

사정이 이러하니 경사에서 멀리 떨어진 군벌들의 영향력은 가히 절대적이었다.

십종가의 마인들은 이런 군벌들을 파고든 것이다.

황금으로 사람을 매수하고 훗날의 부귀영화까지 약속하며.

역시 십년지동의 결과다.

이런 작은 부분까지 치밀하게 작전을 짰다니.

시간이 흐를수록 저들의 전술에 혀를 내두르게 된다.

"이런, 군문 놈들이 썩어도 제대로 썩었구나!"

공춘보가 버럭 소리를 질렀다.

그런 공춘보의 말에 하풍달이 제동을 걸었다.

"엄격히 말하면 원래부터 도검의 소지가 불법이었으니 이제야 일을 제대로 한다고 볼 수도 있지요."

"여태 소 닭 보듯 하다가 왜 이제 와서 그러느냐 말이야!"

"휴우, 그러게 말이오."

사람들은 모두 은도천을 바라보았다.

어찌 되었든 결정은 문주인 그가 내려야 했다.

은도천은 눈을 지그시 감은 채 한동안 침묵에 잠기더니 이윽고 무거운 입을 열었다.

"금룡문의 제자들은 모두 합해 백 명이 채 안 된다. 이런 식의 수성전이 필요할 거라고는 생각해 보지 않은 터라 가진 거라곤 창 몇 자루와 도검 나부랭이가 전부다. 수성창이니 낭아박이니 하는 것이 있었어도 어차피 소용없을 것이다. 그것들을 사용해 본 적이 없으니까. 결국 우리는 고립되었고 홀로 싸워야 한다. 소문을 들으니 적들의 숫자는 일천에 육박한다고 한다. 이 싸움은 백전백패다."

은도천이 거기까지 말을 했을 때, 사람들은 가슴이 철렁 내려앉는 것 같았다.

방관자적인 입장에서 막연히 정마대전을 구경할 때와 당사자가 되어 직접 뛰어들 때는 체감의 무게가 그만큼 달랐다.

"사정이 이러하니 너희들은 어떻게 했으면 좋겠느냐?"

은도천은 선뜻 결정을 하지 못하고 제자들에게 물었다.

백 명의 목숨이 달린 일이니만큼 아무리 사부라도 쉽게 내릴 결정이 아니었다.

공춘보가 이때다 싶어 말을 하려는데 그보다 먼저 말을 한 사람이 있었다.

"싸워야지요."

표자룡이었다.

공춘보가 기겁을 해서 표자룡을 나무라려고 했지만 이번에도 은도천에게 선수를 빼앗겼다.

"어찌하여?"

"분명 잘못된 길인 걸 알면서 단지 적이 강하다는 이유로 항복을 한다면 다시는 검을 들지 못할 것 같습니다."

"이런 답답이가. 사람이 죽는다고. 너도 죽고 나도 죽고, 여기 있는 사매와 사부님도 모두 죽는다고. 그래도 좋단 말이야?"

공춘보의 지극히 현실적이면서도 당연한 말에는 표자룡도 선뜻 대답을 못했다.

"춘보와 자룡이 뜻은 알겠고, 풍달이와 홍만이는 어떠냐?"

"전 그저 사부님 뜻에 따르겠습니다. 싸우라면 싸우고 항복하자면… 항복하지요."

"홍만이 넌?"

채홍만은 용악산을 한 번 힐끗 보더니 뒤통수를 긁적이며 대답했다.

"전 지금 이대로가 좋습니다. 여기 있는 사형들, 사저, 그리고 사부님을 모시고 항상 이렇게 살고 싶습니다. 이 행복을 빼앗으려는 자들이 있다면… 좌시하지 않을 겁니다."

채홍만이 그렇게나 금룡문에 애착을 가지고 있는 줄은 몰랐다.

공춘보가 뭐라고 한마디 하려다가 엄숙한 분위기로 인해

포기했다.

거기에 표자룡이 한마디를 더 얹었다.

"언젠가 사부님께서 말씀하기시를, 굴종은 습관이라고 하셨습니다. 한 번이 두 번이 되고, 두 번이 세 번이 되어 나중에는 상대가 눈만 부라려도 움찔하게 된다고요. 놈들은 이번 한 번만으로 끝내지 않을 겁니다. 평생 놈들에게 고혈을 빨리며 살아야 할 겁니다. 그렇게 살고 싶지는 않습니다."

"저도 사형들 뜻에 따르겠어요. 어차피 무인은 항상 죽음을 벗하고 사는 것 아닌가요."

은서령까지 나서서 동의를 하자 분위기는 점점 싸우자는 쪽으로 기울었다.

이제 남은 사람은 한 명.

모두의 시선이 용악산에게로 향했다.

금룡문이 적들을 물리칠 수 있는 일말의 희망이라도 있다면, 그건 용악산이었다.

즉, 용악산의 결정이 어느 누구의 결정보다 중요했다.

하지만 뜻밖에도 용악산은 판단을 은도천에게 떠넘겼다.

"사부님의 뜻대로 하겠습니다."

사실 용악산으로서는 쉽지 않은 결정이었다.

자신들만 있는 것이 아니라 금룡문의 형제들을 모두 고려해야 했기에.

용악산이 금룡문에 들어온 지 반년.

그동안 너무 많은 것이 바뀌었다.

아무도 알아주지 않던 일개 무관이 항주에서도 내로라하는 문파로 자리 잡았고, 급기야 십종지룡의 행보를 막아서면서 단숨에 강호의 시선을 한 몸에 받았다.

십종가는 군소 방파에도 끼지 못하는 무관들은 거들떠도 보지 않는다.

하지만 금룡문은 이제 다르다.

저들은 사실상 금룡문을 목표로 항주로 진격하고 있다고 해도 과언이 아니었다.

따지고 보면 금룡문이 이런 상황에 처하게 만든 것도 용악산이었다.

그런데 어찌 저들에게 맞서 싸우기를 강요하겠는가.

하풍달도, 표자룡도, 은서령도 용악산의 그런 속내를 훤히 알고 있었다.

어찌 문주인 은도천이 그걸 모르겠는가.

그는 한동안 용악산을 응시하더니 말했다.

"나는 지금 내 뜻이 아닌 너의 뜻을 묻는 것이다."

이번엔 용악산이 은도천을 잠시 응시하다가 말했다.

"허락하신다면 그들이 금룡문의 벽돌 한 장도 빼내지 못하도록 하겠습니다."

그것으로 금룡문의 운명은 결정되었다.

                    *   *   *

다시 찾아온 전단강은 여느 때와 마찬가지로 평온했다.

뱃사공 장산이 노를 젓는 나룻배 위에는 용악산의 옛 수하들이 모두 모여 있었다.

하지만 이들은 일부에 불과했다.

석승의 말에 따르면, 중원 전역에 십여 명의 조장들이 각각 십여 명씩의 조원들을 이끌고 새로운 삶을 살고 있다고 했다.

"무엇을 위해 싸우는 겁니까?"

질문을 한 사람은 석승이었다.

그는 아직도 십종가에 대항하여 싸워야 할 명분을 찾지 못한 모양이었다.

비록 그들이 마음에 들지 않고 자신들과는 다른 곳을 보고 있다고는 하지만 그래도 한때는 신교의 형제들이었지 않은가.

용악산은 대답을 하지 않았다.

자신의 생각을 강요하기보다는 수하들 스스로에게 판단한 기회를 주기 위해서였다.

잠시 시간이 흐른 후, 학관 선비 추립이 말했다.

"지금을 지키기 위해서."

사람들의 시선이 그를 향했다.

석승이 추립에게 물었다.

“지금을 지킨다고?”

“이런 말을 하긴 좀 쑥스럽지만, 제가 근동에서 제법 유명합니다. 처음에는 가난한 어촌의 촌부들이 자식들을 보내더니 이제는 상인이며 수공업자들도 자식을 제법 많이 보내거든요.”

“지금 무슨 소리를 하는 거야?”

“최근에는 교룡방의 뱃사람들도 자식을 보내지요.”

“그래서 그게 뭐 어쨌다는 건데?”

“교룡방은 항주의 젓줄을 장악하고 있는 사람들입니다. 지금은 대사형께서 계신 금룡문이 두려워 아무도 건드리지 못하지만 십종가가 중원무림을 장악하고 나면 달라질 겁니다. 예전처럼 교룡방의 주인이 바뀔 가능성이 농후하죠. 아니, 틀림없이 그렇게 될 겁니다. 현재의 교룡방주 진초는 다시는 교룡방을 빼앗기지 않으려고 할 겁니다. 그에 반해 십종가는 반드시 교룡방이 필요하지요.”

“거참, 결론만 말해, 결론만.”

“제가 가르치는 아이들이 어른들의 이런 싸움으로 인해 학관에 나오지 못하는 일이 없도록 싸우겠다는 겁니다. 지금 이 순간, 저와 아이들의 삶을 지키기 위해서요.”

장산도 노를 저으면서 말했다.

“저… 십종가 놈들이 강하방에도 손을 뻗칠까요?”

“그건 또 무슨 말이야? 놈들이 강하방을 구워먹든 삶아 먹든 네가 무슨 상관이라고.”

석승이 묻자 장산은 머리를 긁적긁적하면서 말했다.

“실은… 제가 강하방주입니다.”

“으에!”

“헉!”

“뭐라고!”

여기저기서 놀란 목소리가 터져 나왔다.

밑도 끝도 없이 장산이 강하방의 방주라니.

강하방은 나룻배의 권리를 독점한 방파를 통칭하는 말로, 중원을 통틀어 유일무이한 방파가 아니다.

어느 강이나 하나씩은 존재하는 동종 조합에 불과한 것으로, 중원 전역으로 따지자면 수백 개의 강하방이 존재했다.

다만 황하와 장강은 수로가 워낙 거대하니 지류까지를 모두 아울러 각각 한 명씩의 강하방주가 있었다.

이들은 서로의 특성이 비슷할 뿐, 사실상 모두 독립된 단체였다.

장산이 전단강의 나룻배를 총괄하는 강하방의 방주가 되었다는 말에 용악산도 상당히 놀랐다.

용악산이 묻고 싶은 말을 석승이 대신 물어주었다.

“네가 어쩌다가 강하방의 방주가 되었다는 거야?”

“강하방주의 배를 물려받으면 그가 신임 강하방주가 되는 거지요.”

“가만, 그렇다면 원래 이 배의 주인이었다는 허 노인
이…….”

“예, 맞습니다. 그가 바로 물귀신 수백(水伯)입니다. 형님들
께 미리 말씀드리지 못해 죄송합니다. 저도 얼마 전에 인근의
뱃사공들이 찾아와서야 알았습니다.”

“나 이런…….”

석숭은 할 말을 잃었다.

“쿡쿡쿡, 그럼 이제 앞으로는 방주님이라고 불러야 되는
거야?”

호로병을 들어 술을 마시던 거지 평개가 입술에 묻은 술지
게미를 훔치면서 농을 했다.

“추립 형님, 놈들 세상이 되면 강하방에도 압력을 행사할
까요?”

장산이 다시 추립에게 물었다.

용악산에게 묻기는 어렵고 그나마 남은 사람들 중에는 추
립의 학문이 가장 깊었기 때문이다.

“압력이나마나 저들이 전단강을 건너려면 교룡방과 강하
방의 배를 모조리 차출할 거다. 다 떠나서 힘이 한 사람에게
집중되는 것은 위험한 일이지, 그것도 아주.”

“휴우, 다행이군요.”

“뭐가?”

“싸울 명분이 생겼지 않습니까.”

“……!”

장산의 말은 모두의 심정을 대변한 것이었다.

장산은 처음부터 십종가와 싸우고 싶었던 것이다.

다만 한때는 같은 교도였던 사람들에게 칼을 겨눈다는 것이 찝찝해 스스로에게 정당성을 부여할 무언가를 찾고 있었던 것이다.

“지금의 삶이라… 거, 멋진걸. 한데 나는 무얼 지키지? 거지라 가진 것도 없고 말이야. 에잇, 난 그냥 장산을 도와줄래.”

거지 평개의 말이었다.

이쯤 되자 석승은 길게 한숨을 쉬며 말했다.

“사실 명분이야 뭐가 중요해. 놈들이 황하에서 감히 대주에게 칼을 겨누고 대항했다는 것만으로도 충분히 죽을 자격이 있지. 에잇, 젠장. 기왕 싸울 바에는 확실하게 묻어주자고. 우리만 보면 오줌을 지리게 말이야.”

조장 석승의 말에 모두들 주먹을 쥐고 의미심장한 미소를 지었다.

석승이 갑자기 몸을 일으키더니 용악산을 향해 무릎을 꿇었다.

그를 시작으로 널브러진 자세로 술을 홀짝이던 평개도, 뱃머리에 앉아 쥘부채를 부치던 추립도, 노를 젓던 장산도, 친형제처럼 나란히 앉아 있던 채홍만과 유소악도 모두 자세를 바로하고 용악산을 향해 무릎을 꿇었다.

"대주, 하명을."

석숭이 말했다.

용악산은 자신의 수하들을 한차례 굽어본 후 전단강 너머 북쪽을 바라보며 말했다.

십종가의 철갑기마대가 달려오고 있을 곳.

"난 오랫동안 대종사께서 우리를 남겨둔 이유가 궁금했다. 하지만 이제 알 것 같다. 세상의 낮은 곳, 민초들의 곤란함을 외면한 채 헛된 꿈을 꾸는 자들을 징치하는 것, 그것이 우리의 운명이다. 이제 내가 그 길을 가겠다. 중원 각처에 흩어져 있는 형제들에게 전서구를 띄워라."

"복명!"

우렁찬 대답이 울려 퍼졌다.

*　　*　　*

표충수는 백정이다.

일다경 만에 황소 한 마리를 깨끗이 해체하는 그의 귀신같은 솜씨는 근동에 소문이 자자했다.

그가 사천 성도로 흘러들어 온 것은 반년 전의 일이었다.

처음엔 멧돼지나 호랑이 같은 산짐승을 잡아 그 피륙을 팔다가 이제는 어엿한 점포까지 내고 장사를 했다.

고기는 고기대로 팔고, 가죽은 기름을 제거하고 무두질을 해 내다 팔면 일석이조였다.

장사가 잘되자 동향의 동생들 열 명까지 끌어들였고, 사업은 하루가 다르게 커져 갔다.

사사사삭! 퉁!

거꾸로 매달인 거대한 황소의 사타구니가 순식간에 떨어졌다.

사사사삭. 쓱쓱쓱.

얇은 면도는 눈에 보이지 않을 정도의 현란한 움직임으로 뼈와 뼈 사이를 파고들었다.

모르는 사람들은 그냥 무조건 쑤시면 되는 줄 알지만 천만의 말씀.

부위별로 값이 다르고 육질이 다르다.

핵심은 육질의 층 사이를 오로지 노련한 감각만으로 파고들어 깨끗하게 잘라내는 것이다.

조금만 어긋나면 칼도 상할뿐더러 비싸게 받을 수 있는 고기가 잡고기가 되고 만다.

황소 한 마리의 살점과 뼈가 눈 깜짝할 사이에 분리되었다.

"대단하군, 대단해. 볼 때마다 느끼는 거지만 자네의 칼솜씨는 예술이라니까."

피륙을 구입하러 왔다가 소를 해체하는 장면을 구경하던 갖바치 구 노인이 감탄을 했다.

“하하, 뭘요. 먹고살려다 보니까 손에 익은 것뿐이죠.”

“아닐세, 아니야. 내 평생 당혜를 만들면서 수많은 백정들을 봤지만 자네처럼 칼을 잘 다루는 사람은 처음 봤네. 아무리 봐도 짐승이나 잡고 있기엔 아까워. 그러지 말고 어디 무관에라도 들어가서 무공을 익혀보지그러나.”

“예? 이 나이에 무공을 배우라고요?”

“자네 솜씨라면 틀림없이 무관에 들어갈 수 있을 걸세.”

“하하하, 됐습니다. 저는 소는 잡아도 사람은 못 잡습니다.”

“하긴, 자네같이 인정 많고 순박한 친구가 사람을 상하게 할 수는 없겠지. 껄껄껄.”

“피륙은 마음에 드십니까? 마침 젊은 소가 한 마리 들어와서 어르신께 드리려고 따로 챙겨두었거든요.”

“마음에 들다마다. 볕을 많이 쏘여서 그런지 질기면서도 부드러운 것이 아주 그만일세. 다만……..”

“쉰 냥만 주십시오. 돈은 당혜를 팔아서 천천히 주셔도 됩니다.”

“저, 정말 그래도 되겠는가? 그 가격이면 다른 곳의 절반 값도 안 되는데……..”

“소를 아주 싸게 샀습니다. 걱정 마십시오.”

“지난번에도 싸게 샀다고 그러더니.”

“그러게요. 하하하.”

"내가 자네 속을 모를까 봐. 여하튼 고맙네. 내 언젠가 이 빚은 꼭 갚도록 하지."

"거참, 싸게 들여온 것 싸게 드리는 거라니까, 번번이 그러십니다."

"아무튼 난 감세. 계속 수고하게나."

구 노인은 인사를 하고 저만치 문밖을 나섰다.

표충수는 황급히 안창살 한 근을 끊어서는 새끼줄에 묶어 밖으로 달려갔다.

"어르신, 어르신."

"왜 그러나?"

"이거 가져가서 손자놈 끓여주십시오."

"이게 뭔가?"

"칼을 잘못 넣는 바람에 막고기가 좀 나왔네요."

"고맙네……."

구 노인은 촉촉한 눈으로 인사를 하고는 돌아섰다.

표충수는 저만치 멀어져 가는 구 노인의 뒷모습을 바라보았다.

한때는 근동에서 가장 솜씨 좋은 갖바치였다는데 지금은 늙고 기력이 쇠해 근근이 끼니를 때우는 노인일 뿐이었다.

그러니 어찌 모른 척할 수 있겠는가.

기분 좋은 웃음을 지으며 돌아서던 표충수의 눈에 푸줏간 담벼락에 적힌 낙서가 보였다.

아이들이 검댕으로 이리저리 제멋대로 그려놓은 것처럼 보였다.

"에힝, 어떤 놈이 여기다 낙서를."

표충수는 안으로 들어가 물을 한 바가지나 퍼 와서는 확 끼얹고 수세미로 빡빡 문질렀다.

"콩알만 한 녀석들이 아무 데나 낙서를 하고 말이야. 손가락에 무좀이나 걸려라. 망할 놈들."

낙서를 다 지운 표충수는 안으로 들어가 이마에 땀을 닦으며 한껏 기지개를 켰다.

"거, 날씨 한번 덥다. 지금쯤 우리 고향엔 궐어(鱖魚)가 지천이겠지. 이런 날씨엔 강가에 솥단지 하나 척 걸어 놓고 천렵이나 즐기면 딱인데 말이지."

그러더니 갑자기 안쪽에서 일을 하는 동향의 동생들을 향해 말했다.

"얘들아, 말 나온 김에 고향에나 한번 다녀올까?"

*　　　*　　　*

방종호는 표국의 국주다.

말이 표국이지, 표사라곤 달랑 열 명밖에 없는 작은 표국이었다.

타지에서 고생하는 동향의 아우들을 모아다가 뭐라도 시

작해 보자고 한 것이 표국이었다.

인맥도 없고, 돈도 없고, 번듯한 명성도 없으니 그저 싼 맛에 찾아오는 표주들이 가끔 있을 뿐이었다.

표행도 사나흘 정도로 짧았다.

돈이 되려면 장기 표행건을 따내야 하는데, 그런 표물은 인근의 큰 표국으로 갔다.

오늘도 봉황까지 가는 작은 표행을 마치고 돌아오는 중이었다.

달랑 수레 세 척에 표사 열 명이 붙어 가려니 모양새가 안 나도 너무 안 났다.

그래도 어디 처음부터 큰 표국이 있는가.

작은 표물이라도 성심성의껏 나르다 보면 점차 신용이 쌓여 언젠가는 큰 표행도 맡게 되지 않을까.

그들이 이름 모를 고개를 넘으려 할 때였다.

갑자기 앞쪽에서 건장한 체구의 장정들이 길을 막아섰다.

표행이 갑자기 멈추는 것은 당연했다.

방종호를 비롯한 표사들의 얼굴이 딱딱하게 굳었다.

나타난 자들의 체격이나 기세가 범상치 않았다.

한바탕 칼질을 한다면 인명이 상하는 것을 피할 수 없었다.

길을 막아선 자들이 가까이 다가왔다.

그중 우두머리로 보이는 자가 말했다.

"쯧쯧쯧, 이렇게 더운 날씨에 표행이라니, 그거 해서 얼마나 버나?"

"남이야 얼마를 벌든 자네가 무슨 상관인가?"

"그러지 말고 내 밑으로 들어오라니까 그러네. 내가 이래 봬도 성도 땅에서 제법 한밑천 잡았거든. 안 그러냐, 추광아."

사내 표충수는 뒤를 돌아보며 동향 아우 추광에게 물었다.

추광이 대답했다.

"돈이야 좀 만졌죠. 하지만……."

"하지만 뭐?"

"에효, 아닙니다."

"배불리 먹여주고, 입혀주고, 재워줬으면 됐지, 뭐가 불만이야?"

"천산이 좁다 하고 싸돌아다니던 우리입니다. 하루 종일 소 돼지의 내장 냄새를 맡으며 갇혀 지내려니 답답해 죽겠습니다. 솔직히 저는 삼 조장님의 조원들이 부럽습니다."

"뭐, 이 자식이. 그렇게 좋으면 저 녀석 밑으로 가던가."

"정말 그래도 됩니까?"

"뭐, 뭐야! 이게 아침부터 뚜껑 열리게 만드네."

표충수와 추광의 티격태격하는 모습에 삼조장 방종호의 조원들이 키득키득 웃었다.

사람들은 너나할 것 없이 한데 섞여 손을 잡고 안부를 물었다.

그동안 알음알음 소식은 듣고 있었지만 실제로 본 건 반년 만이다.

한때는 생사고락을 함께하던 형제들.

"어쩐 일인가?"

방종호가 표충수에게 물었다.

"일조장 독갈에게서 연락이 왔네."

독갈은 석승의 옛 별호였다.

"그 인간은 항주에서 대주를 보필한다고 들었네만?"

"그렇네. 대주께서 중원 각처에 흩어져 있는 형제들에게 소환령을 내리셨네."

주변의 공기가 얼어붙었다.

모두들 두 사람의 대화에 집중했고, 방종호가 천천히 입을 열었다.

"십종가의 행보 때문이겠지?"

"그렇겠지. 대주께서는 그들과 맞설 생각이신 것 같네."

잠시 무거운 침묵이 흘렀다.

표충수의 입에서 흘러나온 한마디가 무엇을 의미하는지 잘 알고 있었기 때문이다.

이들은 석승을 비롯한 일조원들이 했던 고민은 하지 않았다.

십년지동.

이건 명백히 형제들을 배신한 행위다.

신교의 수많은 형제들이 눈 덮인 설산에서 죽어갈 때 저들은 은밀히 전력을 빼돌리고 있었다니.

그것도 장장 십 년 동안이나.

이것만으로도 저들을 칠 명분은 충분하다.

죽은 대종사가 자신들 같은 괴물을 몰래 만든 것도 이런 이유 때문이 아니었을까.

방종호는 뒤를 돌아보며 자신의 조원들에게 말했다.

"모두들 들었겠지? 대종사께서 우리를 찾으신다. 전속력으로 달려간다!"

말은 짧았고 행동은 신속했다.

이십여 명의 강철 같은 무인들이 항주를 향해 달려갔다.

그들이 악양에 이르렀을 때쯤엔 사조가 합류했고, 무창에 이르러서는 오조까지 가세했다.

항주로 가까이 갈수록 가세하는 인원은 점점 늘어났고, 급기야 일백에 육박하게 되었다.

『천산도객』5권 끝

共同傳人

공동전인

설경구 新무협 판타지 소설

마교를 재건하라.

혈미옥에 갇히며 마교 장로들의 공동전인이 된 사무진에게 주어진 과제.
역사상 가장 착한 마교의 교주.
하지만 역사상 가장 강한 마교의 교주가 되고 싶다.

고정관념을 버려요.

마교도라고 해서 꼭 나쁜 놈일 필요는 없잖아요.

지금까지와는 다른 마교.

이제 사무진이 만들어가는 새로운 마교가 모습을 드러낸다.

설봉 新무협 판타지 소설

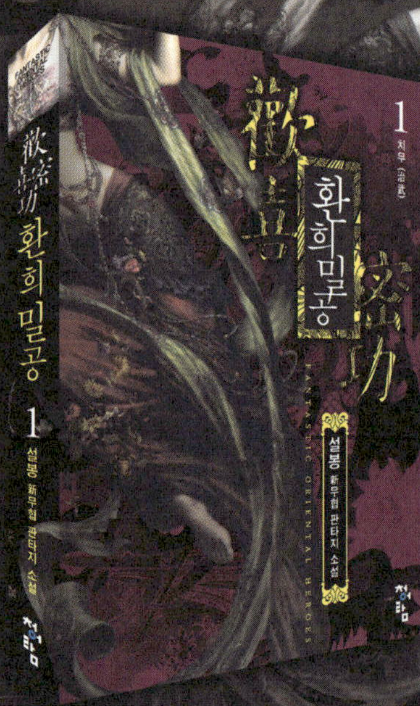

환희밀공

무유칠덕(武有七德), 금폭(禁暴), 집병(戢兵), 보대(保大),
정공(定功), 안민(安民), 화중(和衆), 풍재(豊財), 자야(者也).
〈좌전(左傳), 선공 십이년(宣公 十二年)〉

무에는 일곱 가지 덕이 있다.
첫째, 난폭을 금지한다. 둘째, 무기를 거두어들인다. 셋째, 큰 나라를 보전한다.
넷째, 공적을 정한다. 다섯째, 백성을 편안하게 한다. 여섯째, 대중을 화합하게 한다.
일곱째, 물자를 풍부하게 한다.

섬서성(陝西省) 육반산(六盤山)에 신력(神力)을 바탕으로
패공(覇功)을 구사하는 가문(家門), 육반루가(六盤婁家).
세상에게 외면받고 멸시당하는 환희교(歡喜敎).
육반루가의 후손과 환희교 교주의 운명적인 만남.

"넌 환희교를 지키는 수문장(守門將)이 될 거야.
강하게, 아주 강하게 키워주마."
'아버지처럼 죽지 않을 거야. 아무도 날 죽일 수 없어.
세상에서 최고로 강한 사람이 될 거야.'

태룡전

김강현
新무협 판타지 소설

『마신』, 『뇌신』에 이은
작가 김강현의 또 하나의 대작!!
『태룡전』

내가 이곳 미고현에 위치한 천망칠십오대에
온 지도 벌써 두 달이 넘었거든.
그런데 아직도 이해하지 못한 일이 하나 있어.
그게 뭐냐고? 우리 대주 말이야.
우리 대주님이 가장 좋아하는 게 뭔지 아나?
바로 침상에서 좌우로 데굴데굴 굴러다니는 거야.
그다음으로 좋아하는 게 그렇게 뒹굴다 잠드는 거고……
나려타곤(懶驢打滾)!
더도 덜도 아닌 딱 우리 대주님을 지칭하는 말일세.

천망칠십오대 대주 단유강!!
격동의 무림은 그에게 휴식을 허락하지 않는다.
단유강, 그의 일보가 천하를 떨쳐 울린다!

유행이 아닌 자유추구 -
WWW.chungeoram.com
Book Publishing CHUNGEORAM